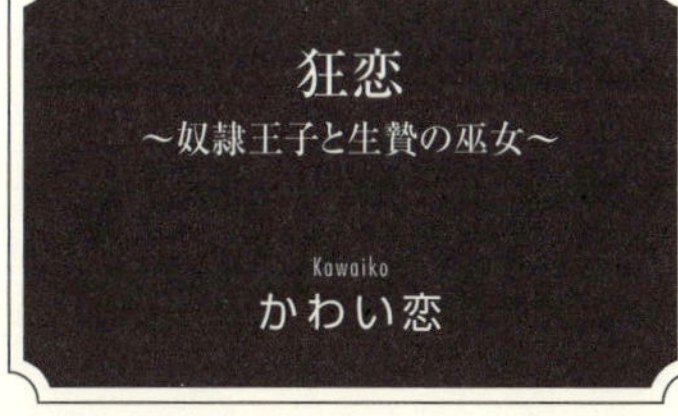
狂恋
～奴隷王子と生贄の巫女～
Kawaiko
かわい恋

Honey Novel

Illustration

希咲慧

狂恋～奴隷王子と生贄の巫女～ ―――――― 5

騎士とレディと月夜の獣 ―――――――― 247

あとがき ――――――――――――――― 269

狂恋～奴隷王子と生贄の巫女～

とろとろと、体の中心から愛欲の証が垂れ零れる。

愛しい神は幾千の手で私の体中を愛撫し、溢れる蜜を啜る。

満月の夜ごと、私は神と愛し合う。その愛の象徴で蜜壺をかき回され、昂りきった官能を神に捧げるのだ。

神は私を愛している。誰よりも光り輝く私の髪を。ああ、どうか可愛がってください。

私も愛しています、神さま。愛しています。

快楽にけぶる思考の中で、私はひたすら神への愛の言葉を繰り返す。

すでに十の蜜月を数えた。十二を数えれば私は神に嫁ぐ。誰にも邪魔されず、永遠に神と愛し合う。

なんという幸福、なんという光栄。

私は神の花嫁になる――――。

1

父に手を引かれ、十二歳になったばかりのディアナは都の門をくぐった。

国境に程近い辺境の小さな村から徒歩で一か月もかけ、ようやく都にたどり着いたところである。馬車に乗る金も、毎晩宿屋に泊まる金もない。都周辺の宿屋は相場が高く、とても宿泊できる金額ではなかったため、昨夜は仕方なく野宿した。

泥と埃でうす汚れた全身を、町はずれの井戸の水で洗う。伸びてしまった爪の間の汚れはどうしても落ちず、父は諦めて、もうすでに白いところのなくなったタオルでディアナの髪と顔を拭った。

くすみを落とすと、ディアナの蜂蜜のような髪がきらきらと輝く。背中まで柔らかく波打つ金髪は、朝の光を反射してまぶしいほどだ。

「いいかディアナ。神殿の巫女さまになれば毎日食事を取らせてもらえる。温かい寝床も用意してくれる。なにを聞かれてもきちんと答えるんだぞ。いい子にして、なにをされても逆らわずじっとしていなさい」

「はい、お父さま」

ディアナは深い菫色の瞳を瞬き、素直にこくんと頷いた。

父はディアナの頭を軽く撫でると、背嚢から着替えを取り出した。物陰に隠れて、二人で泥だらけの服を脱ぎ捨てて一張羅に着替える。

一張羅といっても、父は時代遅れの膝まである上着にすり切れたホーズ、ディアナは亡くなった母のドレスを解いて仕立て直した色褪せたドレスだった。

背嚢の中で潰れて形の曲がってしまった帽子をちょこんと頭に乗せ、ディアナは再び父に手を引かれて、大きな通りを歩き始めた。

ちらちらと周囲を見ながら、ディアナの小さな胸に不安と期待が膨らんだ。

村では見たこともないような美しい色合いの小菓子が店先に並んでいる。甘い香りが鼻腔をくすぐり、ディアナのぺたんこの腹がぐぅと鳴った。昨晩、門の外に生えていた黒すぐりの実を食べたきりである。

でも自分よりずっと体の大きい父だってそれだけしか食べていないのだから、自分が不満を言うわけにはいかない。

がまん、とディアナは片手で腹を押さえて前を向いた。

麗しい赤い服を着た若者の集団が、白馬に乗って煉瓦敷きの通りを闊歩している。あれは剣士隊だろうか。なんて立派なのだろう。

通りは広く、きれいに整備されていた。両側には気取った洋品店や飲食店や雑貨店、果ては宝石店など様々な店が並び、人々はゆったりと歩を進めてそれらを眺めている。故郷と違ってあまりにも豊かに見えて、別世界に踏み込んだようだ。

ディアナが生まれ育った村は、ディアナの父が神官を務める小さな教会を中心に田畑が広がり、村人が農作業の傍ら、国境警備とは名ばかりの見回りをするような田舎だった。

ディアナを産んですぐに母が亡くなったあとは、父と二人で慎ましく暮らしていた。

今年は天候不順が続き、村の作物はほとんど取れなかった。教会の備蓄も底をついた。このままでは村人が飢え死にしてしまう。

村の困窮を救うため、ディアナは都の神殿に奉仕に出るところである。神殿に召し上げられる際にはいくばくかの金子が父に支払われるはずだ。

といっても、これから面接を受け、合格しなければならない。

国教が強いこのテオスワール国では、高位の神官は大きな力を持っている。都に巨大な神殿を構え、政務にも関わっている。

王室が国教を重んじているため、高位の神官は王宮にも自由に出入りし、吉凶を占ったり、まじないをしたりするという。

巫女は幼子から十代半ば頃までの娘から選ばれ、神官の身の回りの世話や布教活動、儀式の補助などをして神殿に仕える。神の花嫁と呼ばれる最高位の巫女になれば、その後一生神殿から出ることはない。

巫女になるには、賢く見目麗しく、なにより美しい髪を持っていなければならない。

髪には神が宿るといわれている。だから神殿に仕える者は髪を切ることはなく、敬虔な信徒は男性であっても髪を長く保っているものだ。ディアナの父も、腰まである暗褐色の髪を後ろで一つにまとめている。

そしてディアナは、類まれな美しい髪を持っていた。

母譲りの金髪は黄金に輝き、菫色の大きな瞳が目立つ小さな輪郭を柔らかく縁取っている。誰もが彼女を振り返った。この大きな都を歩く洗練された人々でさえ。緊張で足がもつれそうなディアナはまったく周囲の視線に気づいていなかったが。

神殿の前までたどり着いたディアナは、その荘厳さに圧倒された。

真っ白な石造りの神殿は広く大きく、見上げるほどに高い。大人が何人も手を広げてやっと一周できるくらい太い円柱の周囲には、とりどりの花が芳香を放っている。

神殿の庭は豊かな緑で覆われ、複雑な意匠を凝らした鉄柵の向こうでは、純白の衣をまとった巫女たちが神に捧げる果実を手に歩いているところだった。

どの巫女も目を瞠るほど美しく、巫女のシンボルである長い髪を美麗に結い上げている。

ディアナはあらためて、自分のみすぼらしいドレスを見下ろした。グリーンのドレスはディアナの黄金の髪と菫色の瞳を引き立ててくれるものの、虫喰いをごまかしたリボンを見ると悲しくなった。

こんな素晴らしい女性たちの中に、自分なんかが入れるわけがない。

それに、もし巫女になったら村にもなかなか帰れないのだと、ここまで来てやっと実感が湧いた。

「お父さま……」

ディアナが泣きそうな顔で見上げると、父は表情を厳しくした。

「しっかり顔を上げていなさい、ディアナ。笑って。おまえが巫女に選ばれれば私にとっても栄誉なことだ」

父の言葉にハッとした。

自分が父の、ひいては村の誇りになれる。

ディアナは硬い表情になんとか笑みを貼りつけると、顎を上げてしっかりと前方を見つめた。

ディアナたちを謁見室に案内してくれたのは、三十代後半と思われる、巫女服に身を包んだ臈長けた女性である。暗褐色の髪をきゅっと結い上げ、美貌ではあるが厳しい目つきをしている。音も立てない優雅な所作は、貴族の奥方のようだった。

謁見室の中にはひげを蓄えた中年の神官が一人おり、厳しい目でじろりとディアナを睨みつけた。

部屋はそれほど大きくはないが、豪奢な装飾が壁と床を覆い、ひと目で高級とわかる複雑な模様の絨毯が敷かれていて、まるで王宮のようだと思った。

ディアナは緊張して息苦しくなりながらも、父に倣って床に膝をついて頭を下げる。

「名前と歳を言いなさい」

「ディアナといいます。十二歳になりました」

なんとかつかえずに言えた。

「その髪の色は本物かね？」

父は暗褐色の髪をしているが、ディアナは蜂蜜のような黄金だ。この国では黒や暗褐色の髪色が多く、ディアナのような金髪は珍しい。

「は、はい……。母が、同じ色の髪をしていたと聞いています」

母はこの国の出身ではないと、父は言っていた。

「二人とも、顔を上げよ」

やっと許しが出て、父とディアナは顔を上げる。真っ直ぐ神官を見ると、彼は興味深げにディアナを見た。

「瞳もなかなか見ない色をしているな。おまえ、その娘をどこぞから攫ってきたのではあるまいな」

あまりに失礼なもの言いに、父が体を強張らせるのが空気で伝わってきた。

だが父は落ち着いた声で返答する。

「妻は他界しましたので証拠をお見せすることはできませんが、娘とまったく同じ色の髪と目をしておりました。北方には金の髪を持つ者も多くおります」

神官は、そんなことはわかっているとでも言いたげに、うるさそうに手を振った。

攫い子を売って金をせしめる悪人がいるのは知っている。だがまさか父がそのような疑いをかけられるとは思わなかった。

幼いディアナの心に、大きなショックが走る。

神官は二人を部屋に案内した巫女に頷きかけた。

「いいだろう。レリティエンヌ、ディアナを別室へ連れていって質問の続きを」

レリティエンヌと呼ばれた巫女は無表情に頷き、ディアナは慌てて立ち上がって彼女に続く。

レリティエンヌにつき添われて部屋を出ていく直前、神官のねっとりとした視線が絡みついた気がして、ディアナはぶるっと体を震わせた。

背後でぱたりとドアが閉じると、急速に心細さが募った。

だがさっさと歩いていくレリティエンヌに置いていかれるわけにはいかない。ディアナは必死で足を動かしてレリティエンヌについていく。

堂々としたレリティエンヌの態度を見て、彼女は巫女の中でも高位の人物なのだろうと思った。巫女長だろうか。

連れていかれたのは湯殿だった。二人の若い巫女がバスタブの傍らに控えている。

「その汚い服を脱ぎなさい」

冷たい声音に身が竦(すく)む。

「早くなさい」

苛立(いらだ)ったように命令され、ディアナは急いでドレスを脱いだ。下着だけになったとき、知らない人たちの前でこれ以上脱ぐのだろうかと躊躇(ためら)ったが、おずおずと巫女を見ると視線だけで促された。ここが湯殿だということを考えれば、これから風呂に入れられるのだろう。

旅の間は数日おきにしか宿屋に泊まれず、都に入る前の日も野宿だったことを考えれば、風呂に入れるのは正直ありがたい。

自分だけが脱ぐのは恥ずかしいけれど、どっちにしろ風呂には入れられるのだろうと、意を決してすべて脱ぎ落とした。

「嫌な臭(にお)いがするわね。その服を処分してちょうだい」

レリティエンヌが命ずると、巫女の一人がサッとディアナのドレスをつまみ上げる。

「あ、それは……」

母のドレスを解いて作ったものだ。形見の一つといっていい。

レリティエンヌはまなじりを吊(つ)り上げて叱責(しっせき)した。

「そんな汚い服を神殿で着ることは許しません。あなた自身もとても臭っているわ。洗ってあげるからバスタブに入りなさい」

たしかにみすぼらしいドレスだろう。ディアナ自身も惨めに思った。けれど……。

——いい子にして、なにをされても逆らわずじっとしていなさい。

父の言葉がよみがえり、取り縋るのをこらえた。

悲しい気持ちでバスタブに入るとレリティエンヌが巫女服の袖を捲り、巫女たちに湯桶で運ばせた湯を頭からディアナにかける。

泡立てたソープで髪の根もとを念入りに洗われた。

「染めてるわけじゃないようね。色が変わらないもの」

レリティエンヌの言葉に、まだ疑われていたのかと驚いた。自分を高く見せるために化粧や髪染めをする巫女志願の者がいるのだろうか。

「美しい髪ね。これなら神もきっと貴女を愛してくださるでしょう」

ディアナの体を、ソープをまとった手がゆるゆると撫でていく。脇の下を撫でられると、くすぐったさに身動ぎした。

まだ発芽したての胸の膨らみを包まれると、もの慣れなさにぎゅっと目を瞑るしかなかった。

「バスタブの縁に掴まって、お尻をこちらへ突き出しなさい」

「え」

きっと脚の間も洗ってくれるつもりなのだろう。でもそんなところ……。

「あの……、私、自分でできます」

「いいからやりなさい」

ぴしゃりと言われて、震えながらバスタブに手をかける。

「脚を少し開いて……そう、いい子ですよ。じっとして」

レリティエンヌの指が想像していた場所に忍び込む。脚の間の小さな谷間を往復されると、他人に触られているという不快感と羞恥で腿が震えた。

嫌だと叫んでしまわないのが精一杯で、繰り返し「逆らうな」という父の言いつけを頭の中で反芻して耐えた。

それなのに。

「あっ……!? い、いたい……!」

レリティエンヌの襞をなぞっていた指が、先端の小さな芽をつまむ。びりっと電気が走るような痛みで、思わず腿でレリティエンヌの手を挟んでしまった。

レリティエンヌは執拗に未熟な肉芽を擦り立てる。自分でも触れたことがない部分はおそろしく敏感で、捏ねられるとディアナの細い腰は魚のようにびくんびくんと跳ねた。

「もう……、もう、お許しくださいっ……」

だが後ろから腿の間に手を通されているせいで、脚を閉じることもできない。

そのまま指は中心に滑り下りてくると、慎ましい襞を開いて内側の柔らかな肉を押し上げた。指が中に入ってしまいそうだ。怖い！

「いたいっ！　いやっ！」

「暴れてはいけません。傷ついてしまいますよ」

巫女が二人がかりでディアナの肩と腕を摑み、抵抗を封じる。細身の少女の体は簡単に取り押さえられた。

あまりの羞恥と屈辱に、ディアナの目からぽろぽろと涙が零れ落ちる。

レリティエンヌはなにかを確認するように軽く押したり、撫でたりを繰り返した。そのたび恐怖と恥辱がディアナの背を駆け上る。

「ここを、父や他の男に触れさせたことはありますか」

信じられない質問に、ディアナは激しく頭を振って否定した。

「あ、ありません！　そんな……、そんなこと……！」

湯浴みに介助が必要な幼子の頃ならともかく、一人で風呂に入れるようになってからは、誰にも体を触らせたことなどない。

泣きじゃくるディアナに追い打ちをかけるように、指で開かれた秘部をレリティエンヌに覗き込まれた。

「いやぁ……っ！」

「けっこうです。間違いなく処女のようですね。巫女たるもの、純潔を守らねばなりません。

ですが、そもそも穢れている者を巫女にするわけにはいきませんからね」

貧しい子どもがものごころついた時分から体を売ることがあるのはディアナも知っている。

だがまだ十二歳のディアナには衝撃が大きすぎた。

こんなに恥ずかしいことをされるなんて！

巫女になるにはこんな恥辱も耐えねばならぬのか。

ひっくひっくとしゃくり上げながら、巫女たちに体を流され、清潔なタオルで拭かれるまま体を任せた。

白い巫女服を着せられ、髪を高く結われる。やっと涙の止まった赤い目で鏡の中の自分を見て、さっき庭にいた巫女たちのようだとぼんやり思った。

謁見室に戻る頃には、自分は巫女になってしまったのだと、怯えた気持ちになっていた。

「おお、ディアナ……！」

巫女服で現れたディアナに、父は顔を綻ばせた。

神官の家に生まれた者として、巫女になることに漠然と憧れを抱いていた。だが現実はちっとも嬉しいものではない。

それでも父の喜ぶ顔を見たら、とても帰りたいとは言えなかった。

「……お父さま。ディアナは巫女としてこちらで仕える栄誉を賜りました。どうぞ村のみなさまにもよろしくお伝えください」

あらかじめ考えてきた口上を述べ、父と抱擁を交わす。どれだけ誇らしい思いでこの言葉を言えるだろうと考えていたのに、いまのディアナの胸は潰れそうに痛んでいる。

「お元気で」

囚人のような気持ちで、父の腕を解いた。

＊＊＊

王宮の敷地の片隅で、末の王子であるアルベルトは二人の青年に挟まれて剣を振るっていた。

剣といっても、中に鉛を仕込んだ練習用の木剣である。

弱冠十六歳。先月の戦で初陣を飾ったばかりのアルベルトは、連日剣の練習に余念がない。子どもの頃から剣には親しんできたが、戦に出てからというもの、憑かれたように四六時中剣を振り回している。

戦場で嗅いだ血の臭いが鼻にこびりついて離れない。剣を持つとふつふつと血が沸き、酩酊したように頭の芯がくらくらと揺れる。

いまだ戦場での高揚が続いているようだ。興奮というものをこれまでの人生で初めて知った気がする。

正面から振り下ろされる剣を体を反らしてかわし、背後から突き出された剣はくるりと回って横から弾き飛ばした。

まるで背中にも目があるように、アルベルトは的確に剣を避け続ける。無駄な動きは一切ない。もとから剣にはずば抜けた才を発揮していたアルベルトである。教師ですら舌を巻くほどだ。

アルベルトは青年たちの手応えのなさに、もの足りなさを感じていた。

とうとう青年たちは「だめだ！」と叫んで剣を放り出した。

息を荒らげる彼らとは対照的に、アルベルトは涼しげな表情を浮かべている。

「おれたちじゃもう、アルベルトの相手は務まらないな」

「もっと熟練の剣士に相手してもらえよ」

疲れきって腰を下ろした青年たちを、アルベルトは冷ややかに睥睨した。

「おまえたちの剣は単調すぎる。一度手合わせすれば容易に剣筋が見えてしまう。そんなことでは戦場では生き残れない」

青年たちは不満げに鼻を鳴らした。

まだ一度しか戦場に出たことのない若輩者に言われては立つ瀬がない。かといって、歯が立たぬ相手に言い返せるものでもない。

とはいえ彼らも、まだ十八になったばかりである。これから剣士として力をつけていくだろう。

テオスワールでは宗教を別にする反乱軍との内戦が続いており、小さな戦が頻繁に起こっていた。王国軍として彼らが戦場に出る機会も多い。

彼らの言う通り、もっと熟練の剣士に相手をしてもらいたいのはやまやまだ。しかし、彼ら以外に練習につき合ってくれる者がいないのだから仕方ない。

アルベルトとしては自分の相手をしてくれる数少ない人間に感謝しているので、早々に命を落とさないよう忠告したつもりだった。だがもともと口数が少なく愛想もない少年である。軽視しているようにしか聞こえなかったようだ。

アルベルトが背を向けて歩きだすと、舌打ちとともに「穢れた血のくせに……」と呟くのが聞こえた。

何度聞いてもそのたび胸の奥が亀裂が入ったように痛む。生まれたときから言われ続けて、もう慣れてもいいはずなのに。

唇を噛みながら、アルベルトは歩みを止めずに去っていく。

穢れた血——このテオスワールでは嫡出子以外はそう呼ばれ、罪人同然の目を向けられる。国教にも入信できず、正式な結婚も許されない。生まれながらに日陰の道を歩むことが決定されているのである。

穢れた血は忌むくせに、婚姻を伴わずに子を儲けた本人はなんら咎められることはない理不尽。非嫡出子は、生まれた時点で罪人扱いされるというのに。

庶民の間では、穢れた血は大抵奴隷に堕とされるか、売られるか。王侯貴族においてはその存在を知られぬよう、生まれた瞬間に息を止められるのが常だ。

自分も生まれたときに殺されてしまえばよかったのに。

穢れた血の中でももっとも罪深い――血縁間の姦淫の子なのだから。

表向きは王の妹が誰とも知れぬ相手の子を産んだことになってはいるが、王と妹が禁断の関係であったことは公然の秘密である。

王は形式上、アルベルトを引き取って父になった。真実の親子であるにもかかわらず、立場は養子という関係だ。

悪意を持ってアルベルトの出自をからかう者も多かった。聞こえよがしに囁く者も。

母はアルベルトを産んだ際に亡くなり、王は最愛の妹をアルベルトのせいで失ったと思ってか、疎ましがってあまり近づけない。王宮を訪れる貴族たちはもとより、使用人ですらアルベルトと目を合わせようとはしなかった。

それでも王族の面子を保つため、剣や勉強の家庭教師はつけてくれた。彼らは金のために嫌々ながらという態度を隠しもしなかったけれど。

アルベルトが美しく優秀なのがまた周囲に厭悪されていると気づいたのは、つい最近のことである。

少し前までは、頑張れば認めてもらえるかもしれない、好いてもらえるかもしれないと思っていた。だが結果は逆だった。

彼らは「穢れた血」が優秀なのが気に入らないのだ。アルベルトが愚鈍で醜い容姿であったならば、安心して見下せるものを。

妃はもちろん、二人の兄王子からも蛇蝎のごとく忌み嫌われている。少しでも兄たちに近づきたくて努力したのに。

それに気づいたとき、いままでよりも自分が嫌いになった。鏡に映る自分がおそろしい怪物に見え、形だけなら完璧といえる顔立ちが心の底から厭わしく、ズタズタに引き裂きたいとすら思った。

そんな生活の中で、初めての戦は心が躍った。剣を振るっている間は気も紛れる。自分の乾いた心を潤してくれるのは血の臭いだけだと、剣の練習に没頭した。

だがこれで最後の練習相手も失ってしまった。

自室に戻るのも気が進まない。誰も訪ねてこない部屋で胸の痛みをやり過ごすのは、考えただけで気分が塞ぐ。まだ痛む胸があるのが自分でも忌々しかった。

痛みを振り切るように、早足で城を出る。

アルベルトの足は、自然に神殿を避けて下町へと向かう。

国教に入信できない自分は、神殿へ立ち入ることも許されない。穢れた血は神殿をその目に映すことさえおこがましいと、間が悪ければ打擲(ちょうちゃく)される奴隷もいるほどだ。

まがりなりにも王族である自分が打擲されることなどないだろうが、アルベルトの顔は神殿を訪れる貴族たちに知られている。彼らに嫌悪の視線を向けられることは容易に想像できた。

アルベルトは主に庶民向けの安価な宿や食堂などが広がる雑多な地域に足を踏み入れた。この界隈(かいわい)はいつも人通りが多く、商売に熱心で客以外には無関心な人間ばかりで気分が落ち着く。

ところが今日は自分がちらちらと見られていることに気づいて、しまった着換えてくるのを忘れた、と思った。

練習をしたときのまま、腰に剣を帯びている。服装も質のよいものだし、ひと目で庶民ではないと知れてしまう。

だが王侯貴族ならば、国教信徒のシンボルともいえる長い髪を持っているはずだ。庶民であれば信徒でも短い髪の者も多いから、着換えておけば目立たずに済んだものを。

アルベルトの髪は短い。国教信徒になれない彼は、数か月おきに城つきの理髪師に髪を切られていた。髪が床に落ちる瞬間、いつも自分の存在も切り取られていく錯覚に陥る。この短い髪は屈辱と諦めの象徴だ。

身分の高い服装でありながらすっきりと短く切られた頭髪ということは、自分は有名な

「穢れた血の王子」であると吹聴して回っているも同然である。平服であれば、周囲に溶け込めたのに。

アルベルトは穢れた血でありながら王族という異端なのだ。町民にしてみれば、他の奴隷のように表立って迫害もできないが、喜んで迎えることもしたくない。

わざわざ城から出てきてまで冷たい視線に晒(さら)されていることにいたたまれなくなり、アルベルトは人の少ない方へ、少ない方へと歩みを進めた。

見知らぬ路地を何度も曲がると、いつの間にか猥雑(わいざつ)な下町から怪しげな裏町へと入り込んでいた。

饐(す)えたような臭いがかすかに漂い、支え合うように建ったせせこましい建物の隙間(すきま)にはどんよりとした空気がわだかまっている。

(どこだ、ここは)

行き止まりの路地の奥で、小さなテーブルを囲んで卓上ゲームをしていた痩(や)せた老人たちがアルベルトを見た。彼らのどろりと濁った黄ばんだ目が気味悪かった。

振り向いて歩きだせば、建物の二階から口笛を吹かれた。見上げると、豊満な胸と肩をむき出しにした娼婦(しょうふ)がアルベルトに流し目を送っている。

黒髪を前に垂らして片目を隠した娼婦は、煙管(きせる)を口から離して真っ赤な唇をにぃと吊り上げた。

「ねえ、あんたアルベルトさまでしょう。ふふ、可愛い顔してるのねえ。上がってらっしゃいな。穢れた血同士、なかよくしましょ」

娼婦の言葉に、言いようのない不快感を覚えた。

彼女も穢れた血なのか。

下町のさらに奥まった裏町には、穢れた血の住まう区画があると聞いたことがある。ここがそうなのだろう。知らないうちに入り込んでしまったらしい。おそらく先ほどの老人たちも穢れた血なのだ。

だが同族を見つけたという喜びは一片たりとも湧かない。

ふいと顔を背けて歩きだしたアルベルトに、「なによ、あんただって穢れた血のくせにお高くとまっちゃって」と娼婦の嘲笑と侮蔑が浴びせられた。

王族だという矜持を持っているわけではない。彼女が声をかけたのはアルベルトが穢れた血だからだ。もし自分か彼女のどちらかが穢れた血の持ち主でなければ、言葉を交わす気にもならないくせに。

傷を舐め合うのはごめんだ。

アルベルトは足早に、うす汚れた路地を歩いていった。

＊＊＊

井戸から汲み上げた水で雑巾をしぼり、ディアナは神殿の床を磨いていた。冬が近づいてきていて、水は凍るほど冷たい。

雑巾を手桶の水に浸すと、ディアナは赤くなって感覚の鈍った指に息を吹きかけた。

巫女見習いになってから半年ほど。

正式な巫女になる前の修行期間として、毎日雑用と勉強に明け暮れている。

掃除や洗濯、巫女や神官の身の回りの世話、使い走りに縫い物。めまぐるしく時間は過ぎていくけれど、空いた時間や寝る前は教典を読んで勉強することも欠かさない。

ときには神官につき添って町へ出ることもある。ディアナはその仕事が好きだった。

信徒に教典を読み聞かせたり、まだ信徒ではない人々に教えを説いて回ったりの手伝いだ。

故郷の村では同じことを父としていた。父はディアナにも教典の読み聞かせをさせてくれた。

ディアナの声は通りがよく、とても聞きやすいと村人に好評だったものである。

決められた範囲をぴかぴかに磨き上げ、ディアナは指導係である巫女の部屋を訪れた。

「床磨きが終わりました。お使いに行ってまいります」

週に二日、下町の雑貨店へ香油を取りに行くのはディアナの仕事である。町へ出るのは、いろいろな店やたくさんの人が見られて楽しい。

指導係の巫女はディアナより五つ年上の少女で、見習いのディアナの姉的な立場だ。やや赤みがかった金髪を後ろで一つに結んでいる。

神殿の巫女は見習い期間を終えると、正式な巫女として働くことになる。

巫女は上から巫女長、上級、中級、下級と段階があり、身分や能力によって階級が分かれている。その他に四年に一度、「神の花嫁」と呼ばれる特別な巫女が選出される。

現在の巫女長はレリティエンヌだ。

レリティエンヌはもう長い間巫女長を務めているといわれている。まだ四十には届かないであろうレリティエンヌがそれほど長く巫女長でいるということは、彼女は若い頃から大変に優秀であったという証明か、それとも貴族出身なのかもしれない。

ディアナの指導係の少女は中級巫女である。

ディアナはこの姉巫女が少し苦手だった。いつも口調がきつく、ディアナの仕事が遅い、手際が悪いと叱責するばかりだからだ。

もちろん自分が未熟であることは承知しているので、姉巫女が指導係として自分を躾けてくれているのだと感謝している。これも修行の一つであるとありがたく思ってはいるものの、やはり厳しい言葉をかけられると身が竦む。

ところが今日は機嫌よさげにディアナを部屋に招き入れた。

「ディアナ、お使いのついでにね、〝奨励〟をしてきてちょうだい」

内緒の話をするように耳もとで囁かれた言葉に、ディアナは目を瞠った。

「え……、いいんですか？　私が？」

姉巫女はにっこりとほほ笑むと、ディアナの冷えた指先を両手で包んだ。

「もちろん。貴女が毎日遅くまで勉強してるの知ってるわ。他の巫女たちだってお使いのついでにやってることよ。貴女も励みなさい」

そうなのか。あまり他の巫女と行動することのなかった自分は知らなかった。

「奨励」とはいわゆる布教活動のことだ。

国教に熱心なのは大半が貴族や裕福な町民だが、神の教えは庶民のものでもあるべきである。国教を信奉し、祈りを捧げることはディアナの故郷でもみな当たり前にしていた。

基本的には国民は国教の信者であるはずだが、信仰の深さはそれぞれである。中には信仰に興味を示さない者もいるが、そういう人々を相手に説法をして信仰心を高めたり、他宗教者に改宗を促したりすることを「奨励」という。

通常は神官が行うが、姉巫女によれば巫女たちも行っているとのことである。

やり方は父や神官につき添っていたので知っている。教典を読み、相手から質問があれば答え、神殿へ足を運ぶよう促す。

姉巫女はそれから、奨励の場所や内容についてディアナに言い聞かせて送り出した。

ディアナは白い巫女服の上にさらに真っ白なマントを羽織ると、浮かれた足取りで神殿を後にした。マントの下には、一冊の教典を胸に抱えて。

冷たい風も気にならない。

雑貨店でいつものように香油を受け取り、斜めにかけた鞄の中に大事にしまう。

そして姉巫女に言われた通り、下町からさらに奥まった路地へと足を向けた。

途端に道はうす暗くなり、少しだけ心細くなる。だが姉巫女だって、他の巫女もみんなしているとと言っていたではないか。

細い路地を抜けると、衛生的とは言い難い場所に出た。身を寄せ合うようにして建った古い建物の間の道にはごみが散乱し、なにかが腐った臭いを放っている。痩せた猫が物陰から警戒の鳴き声を上げ、どきりとして振り向いた。

まばらにいる人々はみな暗めの色の服を着ており、雪白のマントを羽織ったディアナをじろじろと見ている。それでいて、ディアナと目が合いそうになるとすいと視線を逸らしてしまう。

この区画に足を踏み入れたのは初めてである。不安な気持ちが広がったが、それよりも期待と使命感が勝った。

ディアナは胸に教典を抱え、やや広めの路地に座って煙管をふかしていた三人の男たちに声をかけた。筋肉の塊のようなぶ厚い体を持った男たちだ。南方の血が入っているらしく、浅黒い肌をしている。

「神の教えを説きに参りました」

彼らは胡乱な目でディアナを見上げる。ディアナの喉がごくりと鳴った。

緊張で足が震える。

この区画を指定したのは姉巫女だ。ディアナは都の作りにはくわしくないが、ここは貧しさから信仰に時間を割く余裕のない人々が多いという。

ディアナの故郷もとても裕福とはいえなかったが、心穏やかに助け合って暮らしていけたのは信仰のおかげだと思っている。

みんな、心豊かに過ごせますように――。

その願いを込めて、ディアナは教典を開こうとした。

おもむろに男が一人立ち上がり、ディアナの手から教典を叩き落とした。

「てめえ、なんのつもりだ」

地を這うような低い怒りの声音に、ディアナの体が硬直した。

大柄な男がディアナのマントのフードを引っ張り、よろけてしまう。勢いで髪を結んでいた紐が外れ、蜂蜜のような金髪が広がった。

「きゃっ」

少女の悲鳴にあおられたように、他の男たちも立ち上がる。くすんだ路地裏に小さな太陽が出現したような金の髪に見惚れ、男たちはごくりと喉を鳴らした。

「すげえ。きれいな髪してんじゃねえか」

「さすが巫女さま」

「汚してやりてえなぁ。俺たちのきったねえ子種でよ」

舌舐めずりするような男の言葉に、他の男たちがぎらりと目を光らせた。

「そりゃあいい考えだ。純潔の巫女さまが穢れた血に汚されるなんて面白えじゃねえか」

男たちの言う内容がすぐには理解できなかった。だが直感的におそろしいことを言われたのだとわかる。

三人の男たちに取り囲まれると、まるで小さな部屋に閉じ込められてしまったようで息が苦しい。一人が後ろからディアナの髪を摑み、ぐいと自分に引き寄せた。

「いた……っ！」

髪を引かれ、ディアナは否応なく男の胸に倒れかかる。そのまま背中から抱きしめられ、腕に閉じ込められてぞっと身を震わせた。どうしていきなりこんなことをされるのかわからない。

「いや！　なにするんですか、放して！」

「お嬢ちゃんよぉ、この区画にゃ立ち入っちゃいけないって神殿で言われなかったか？　どうせ俺たち〝穢れた血〟は国教にゃ入信できねえんだからよ」

その言葉に愕然（がくぜん）とした。「穢れた血」の人々が住まう区画！

テオスワールでは、正式な婚姻関係から生まれた子ども以外は、みな不義の子として蔑（さげす）まれるのが常である。

特に人口の多い都においてはその差別が著しい。奴隷に堕とされるか、迫害されて逃げ出すか。そういう人々が追いやられ、一定の区画に集まって生活しているというのは聞いたことがある。

だがまさかここだったとは！

男のがさがさに荒れた手が、服の上からディアナのささやかな胸の膨らみを鷲摑（わしづか）みにする。

「いやあっ！」

身を捩（よじ）って叫ぶが、それがかえって男たちを興奮させることなど、まだ少女のディアナにはわからない。

「たすけ……誰か！」

暴れようとも、対面する男にやすやすと両脚を持ち上げられ、抱え上げられる。巫女服の裾（すそ）がめくれ、まぶしいほど白い腿が外気に晒された。

やっと状況に頭が追いついてきた。彼らはディアナを犯そうというのだ！

目の端で、路地を通りかかった女性を捉（とら）える。ディアナは必死に大声を上げて叫んだ。

「助けて！　助けてください……！」

同じ女性として、乱暴されかかっている少女を見過ごすことはないと思った。非力な女性では直接助けることはできないだろうが、きっと誰かを呼んできてくれるだろうと。

ところが女性は驚いた様子もなくゆったりとした足取りで近づいてくると、男たちに親しげに声をかけた。こんなに寒いのに、肩と胸を大胆にはだけたドレスを着ている。

「あんたたち、楽しそうなことやってるじゃない。巫女さまの処女貫通なんてめったに見られるもんじゃないわね。あたしも見物させてもらおうかしら」

女性は赤く塗られた唇を左右に吊り上げると、壁際に積まれた木箱の上に腰をかけた。前屈みになって膝に肘を乗せると、大きく開いたドレスの胸もとから、たわわな乳房が零れそうにぶるんと揺れる。

この女性は娼婦なのだ、とディアナにもわかった。

「可愛いお嬢ちゃん。処女じゃなくなったら神殿にはいられないんでしょう？　うふふ、あたしと一緒に仕事するなら世話してあげるわよ。あんたなら可愛いからすぐ売れっ子になれるわ。元巫女なんていったら、男が列をなすでしょうねえ」

ディアナの心に黒い絶望が広がっていく。

ここでは誰も助けてくれない。

「いや……、いやっ、いやっ、いやぁ……っ！　誰か！　誰か助けて……！」

金髪を打ち振って泣くディアナを、複数の好色な視線が舐め回す。

「せいぜい暴れろよ。穢れた血を相手に奨励なんかしようとしたあんたが悪いんだよ」

国教に入信できない彼らは神官や巫女を嫌っている。相当の迫害を受けてきたのだろう。ディアナは知らずに彼らの神経を逆撫でしてしまったのだ。

でもだからといってこんなこと……！

にやにやと笑う男たちの顔を見たくなくて固く目を瞑った。節くれ立った手を襟もとから突っ込まれ、直接肌を触れられる感触に絶叫する。

「いやあああ……！」

叫んだ瞬間、ディアナは地面に投げ出された。

なにが起こったかわからないまま勢いで転がり、止まった瞬間、うつぶせの状態から慌てて肘をついて顔を上げる。

見上げると真っ黒の服を着た少年が、ディアナを守るように男たちとの間に立ちはだかっていた。手には剣を構えている。

後ろ姿ではあるが、まるで雄々しい騎士のようにディアナの目に映った。

男のうちの一人は剣で打たれたらしく、横腹を押さえながら地面に片膝をついていた。

少年は油断なく剣を構え、男たちと対峙(たいじ)した。よくよく見れば、その剣は木でできている。

武器にはなるだろうが、殺傷能力は低そうだ。

「なんだてめえは。どこの貴族さまか知らねえが、殺されたくなきゃ引っ込んでな」

一人が脅しかけるが、少年はなにも聞こえていないように構えを保ったままである。

「おい、言葉通じねえんじゃねえか。こいつ髪が短いぜ」

もう一人が言って、やっとディアナも少年が髪を伸ばしていないことに気づいた。一見して仕立てのよい服をまとっているのに髪が短いのは、他国の貴族の若君だからだろうか。

と、傍観していた娼婦がくすくすと笑い声を上げた。

「あらあら、アルベルトさまじゃないの。さっきは袖にしてくれてありがとうねえ。ほら、あんたたちも聞いたことあるでしょう、〝穢れた血〟の王子さまのことをさ」

穢れた血の王子――？

その存在だけは聞いたことがある。王族で唯一の非嫡出子。しかもうわさでは両親は実の兄妹であるという。

この人が……。

少年の肩口がぴくりと動いた。

男たちが下卑（げび）た笑い声を上げた。

「なーんだよ、お仲間ってわけか。じゃああんただって神殿にゃいい気持ちしてないだろ？一緒に鬱憤（うっぷん）を晴らそうぜ」

「それともまだ女は知らないってか。なら俺たちが教えてやるからよ」

男たちの言葉に心底怯えた。

自分はここで純潔を散らされてしまうのか。

神殿から追放され、故郷にも戻れず、道端で冷たい骸を晒す姿を脳裏に描いて、全身の血が一気に抜けていくような気持ちになった。

アルベルトは一瞬だけ振り返り、青ざめるディアナを見る。ぶつかった視線は凍るように冷たい。

ディアナの背筋がぞくりと震えた。彼は、自分を男たちに引き渡してしまうだろうか。それとも彼らと一緒に……。

ごくりと喉を鳴らして真っ直ぐ見上げると、アルベルトはスッと前を向いて剣を構え直した。

アルベルトが戦闘態勢を取ったのを見て、男たちの空気が剣呑なものに変わる。

「おいおい、まさかその木切れで俺たち三人相手しようってのか」

男たちは筋骨逞しく、肩も胸も隆々と盛り上がっている。見せつけるようにぶるりと体を膨らませれば、三つの山のように見えた。特に先ほど剣で横腹を打たれた男は、憤怒の形相でアルベルトを睨みつけている。

対するアルベルトはまだ少年である。いくら武器を持っているとはいえ、とても大人の男三人にかなうものではないだろう。

「だいたい気に入らねえよな。俺らと同じ穢れた血のくせに、いい服着て城に住んでよ。美味いもん食ってあったかいベッドで寝てんだろ？　そのうえ騎士気取りかよ。……あんたなんか、どうせ城に帰らなくても誰も悲しがらねえよな」

男の台詞にゾッとした。巫女である自分が火を点けた彼らの不満を、王族であるアルベルトがあおってしまった。男たちがじりじりと距離を縮める。

このままではアルベルトの命が危うい！

ディアナはとっさに立ち上がり、男たちとアルベルトの間に両手を広げて飛び出した。

「この方を傷つけてはいけません！」

アルベルトの瞳が驚愕に見開かれる。

男たちも虚を突かれたように動きを止めた。

「逃げてください、アルベルトさま！」

叫んで、いちばん近くの男にしがみつく。

彼らの狙いはもともと自分だった。だから自分が囮になればアルベルトは逃げられるはずだ。

「わ、私を好きになさい……！」

怖い。怖い。怖い。

でも、早く逃げて……！

ディアナは恐怖のあまり、まぶたをぎゅっと閉じる。

そのときだった。

「伏せなさい、あんたたちっ！」

「ぐえっ……！」

鋭い女性の声と、男の野太い叫びが上がるのは同時だった。

ハッとして目を開けると、ディアナの頭上数センチにあった男の喉に、アルベルトの剣が突き立っているところだった。

剣はどすんと鈍い音を立てて男の喉ぼとけの下に小さな痕を残し、かはっと目と唇を開いた男がディアナの体から離れて後ろに倒れていった。

「ぎゃっ！」

「ひぃ……っ！」

つぎつぎに男たちの悲鳴が上がる。

アルベルトは目にも止まらぬ素早さで男たちの喉を打つと、ディアナの肩をぐいと引いて自分の背に庇う。

本当に一瞬だった。

瞬く間に三人の男は地面に崩れ落ちた。巨体をひくひくと痙攣させ、ある者は白目を剝いて口から泡を零し、ある者は喉を押さえて涎を引きながら喘いでいる。

喉ぼとけを潰したら男たちは死んでいたかもしれない。だがそうはせず、一時的に動きを奪える部分を打ったのだろう。的確に狙った個所を突く腕前は、とても少年のものとは思えなかった。

息も乱さぬアルベルトが睨みつけると、娼婦は怯えた顔をしてじりじりと後退し、

「な……によ、あんただって穢れた血のくせに……！」

捨て台詞を残してパッと振り向いて走り去った。

アルベルトは「今のうちに」とディアナの手首を摑んで走りだす。ディアナはよろめきながらアルベルトに連れられ、路地から飛び出してひたすら裏町を駆けた。

やがて穢れた血の住まう区画から抜けて雑多な下町に入り込むと、まだ開店前で扉の閉じた酒場の前で、アルベルトは手を離した。

ディアナは恐怖の余韻から、心臓を押さえて、はっ、はっ…、と息を切らしている。

(怖かった……)

ディアナはぎゅっと自分自身の体を抱きしめた。

助かったんだと思うと、あらためて瘧(おこり)にかかったように体が震えた。アルベルトがいてくれなかったら、自分はあの男たちに……。

アルベルトが震えるディアナに手を伸ばし、触れる直前に躊躇うように手を止めた。気づいたディアナと目が合うと、すっと視線を外し手を引っ込めてしまう。

今の手つきは、自分を慰めようとしてくれたのでは……？

居心地の悪そうな顔をした少年は、ディアナに背を向けて立ち去ろうとした。

「ま、待ってくださいアルベルトさま！」

慌ててアルベルトの腕を掴んで引き留めた。振り向いたアルベルトは、自分の腕を掴むディアナの手を見て目を見開く。

（いけない、男性にいきなり触れるなんて！）

はしたない娘と思われてしまったろうと、ディアナは赤面して手を放す。

「すみません、失礼な真似を……」

アルベルトは戸惑った表情をし、それから離されたディアナの手を残念そうに見つめた。

ディアナはアルベルトの前に回って膝をつき、深い感謝の念を持って、瞳を見上げながら礼を言う。

「私はディアナと申します。助けてくださってありがとうございました。なんとお礼を言ってよいか……」

アルベルトは息を呑んで視線を移ろわせる。まるでディアナを見ていられないようだ。彼が困惑しているのはわかるが、どうしてそうなるのかわからない。

「アルベルトさま……？」

「お……まえは、俺が……、俺を……、穢れた血だとわかっているんだろう……？」

視線を逸らしたまま言いにくそうにしゃべるアルベルトを見て、彼は自分を恥ずかしく思っているのだろうと感じた。だがディアナの心に嫌悪はない。

「アルベルトさまが、ご自身の咎でないことを恥に思う必要はないと思います」

アルベルトは驚いた顔でディアナを見る。

「……神殿は、異端を認めないだろう……？」

「神殿は、そうかもしれません。でも私は、国教に入れない人間にも教えは平等であるべきだと思っています」

ディアナのいた村では、穢れた血と呼ばれる者は一人しかいなかった。村長の娘が都の男に騙されて身籠り、故郷に帰ってきて男児を産んだのである。

村人は彼を遠巻きにし、明らかに壁を作っていたけれども、ディアナの父は分け隔てなく接していた。そんな父に育てられ、ディアナも彼を嫌悪する心はなかった。同い年ということもあり、ディアナとは幼なじみですらある。

時間が止まったような田舎のこと。ひどい迫害などとは無縁だった。

ディアナは都に出てきて、あまりの差別ぶりに常に小さな胸を痛めていたのである。

「……俺が気味悪くないのか？」

ディアナは頭をふるふると横に振った。

「もしアルベルトさまがお嫌でなかったら、教典の読み聞かせをさせていただけませんか。なんのお礼にもなりませんが、私にできることはそれくらいしかないので」

アルベルトは呆然(ぼうぜん)とディアナを見つめたあと、唇を噛んで瞳を細めた。

泣きそうといっていい顔に、悪いことを言ってしまったのだろうかと不安になる。男の人のそんな表情を見るのは初めてでどきどきした。

しばらく沈黙が流れる。やがて小さな声で、

「……聞きたい」

と呟かれ、ディアナはホッと胸を撫で下ろした。

アルベルトは酒場の前の階段に腰をかけ、ディアナが前に立って教典を朗読する。アルベルトは一文字たりと聞き逃すまいとするかのように、視線をしっかりとディアナに据えていた。

穴の開くほど見つめられて、緊張で頬が火照(ほて)る。少しつかえてしまったときは真っ赤になった。

こんなに熱心に聞いてもらえるなんてと、ディアナの心は喜びで熱くなる。

神が世界を作りたもうた最初の章を読み終えると、ディアナはぱたりと教典を閉じた。

「聞いていただき、ありがとうございました。……そろそろ行かないと」

気づけば帰らなければいけない時間をとっくに過ぎている。姉巫女にお小言をもらってしまうだろう。

アルベルトの瞳に深い落胆の色が浮かぶ。表情はあまり変わらないのがかえって彼の落胆

ぶりを如実に伝えて、とても切ない気持ちになった。

アルベルトがあまりに悲しそうで、思わずディアナの口から言葉が突いて出た。

「あのっ……、私、火曜と金曜は香油を取りにこの先の雑貨店へ来るんです。だから、アルベルトさまのご都合がよいときがあったら、また読み聞かせをさせていただけませんか？」

その提案がアルベルトの耳に届くまで、数秒を要したらしい。彼はしばらくうすく開いていた唇を引き結ぶと、無言で首を小さく縦に振った。

＊＊＊

アルベルトの心臓は、いまにもはち切れてしまうのではないかと思うほど高鳴っていた。

（初めて……初めてだ……！）

穢れた血を持つ自分に普通に触れてくれた人間。

アルベルトを異端と知ってなお、自分の身を犠牲にしてまでアルベルトを救おうと小さな体で男たちに立ち向かった可憐な少女。震えていた細い背中が今も目の奥に焼きついている。

初めて偏見なく接せられ、アルベルトの頭の中はディアナのことでいっぱいだった。

城へ帰る足取りは雲の上を歩いているようだ。興奮から指先が震えている。冷たい空気の中に白い息を吐き出しながら、ひたすらディアナの声を耳の奥で反芻した。

あんなに美しい少女は見たことがない。澄んだ菫色の瞳も、太陽のような黄金の髪も、教典のページをめくる繊細な指先も。いや、姿かたちばかりの話ではない。その崇高なまでの心の優しさ――！

また会える。彼女にまた会えるのだ。

そう思うだけで眠れぬ夜を過ごし、姿だけでも見えぬものかと、普段は決して近寄らない神殿の側まで行ったりした。

たった数日がどれだけ長かったことか！

もしかしたらいないかもしれない……と恐怖すら感じながら、待ち合わせた場所に出向いた。彼女より早く着いて待っていなければならない。もしディアナが来たときに自分がいなかったら、帰ってしまうかもしれないから。

そう思いながらも、もし現れなかったらと、焦燥した時間を過ごしながら待つことを考えると、足が重くなった。

自分の臆病さに呆れつつ、結局予定より少し遅れて到着した。先日と同じ、人目につきにくい酒場の前である。

ディアナの金色の髪が目に飛び込んできたときは、感動で泣きそうになった。胸に熱いものがこみ上げてくる。

自分などのために来てくれた。約束を守ってくれた。待っていてくれたのだ！

それでも感情が表に出にくいアルベルトは、はた目からは無表情といっていい顔でディアナに近づく。

アルベルトの足音に気づいたディアナが、自分を見てパッと嬉しそうに笑った。

(ああ……——!)

心臓が、壊れてしまうかと思った。まぶしくてディアナを直視できない。

「アルベルトさま」

愛らしい声で呼ばれ、初めて自分の名を誇らしく感じた。

彼女の名を呼び返し、挨拶しなければと思うのに、唇は意思を裏切って開こうともしてくれない。緊張で上手く声が出ないのだ。

それでもディアナは気にするふうもなく、教典を読み聞かせてくれた。

十五分もすると、ディアナは名残惜しげに立ち上がった。

「……ごめんなさい、お誘いしておいて申し訳ないのですが、あまり長くはいられないのです。お使いの途中なので」

それは最初からわかっている。

先日だって遅くなって、きっとひどく叱られたことだろう。

だがたったこれだけで彼女との時間が終わってしまうと思うと、焦りがアルベルトを支配した。

ディアナは自分に呆れただろう。ろくに返事もできぬ口下手な男など、もう会いたくないに違いない。だが彼女を引き留める言葉が思い浮かばない。

膝を折って場を辞そうとするディアナを絶望的な気持ちでただ眺めていた。

だから、最後にディアナがこう言ったときは我が耳を疑った。

「ではアルベルトさま、つぎはまた金曜でよろしいですか？」


夢中だった。

つぎに会うときは、庭園から冬薔薇（ふゆばら）を一輪摘んでいった。華奢（きゃしゃ）な指が傷を作らぬよう、きれいに棘（とげ）を取り除いて。

「私に？　嬉しい、アルベルトさま」

喜ぶディアナを見て、天使とはこういうものかと実感した。なんという尊さ、愛らしさ。

人生でこれほど幸福を感じることがあろうとは。あまりにも幸せで胸が破裂しそうだ。彼女だけいればなにもいらない。

会えない日は気が狂うほど恋慕が募った。日がな一日、ディアナがなにをして過ごしているか、それればかりが頭に浮かぶ。

つぎはなにを贈ればいいのだろう。なにをすればディアナは喜んでくれる？

誰かのためになにかをしたいと思うのは初めてだった。

女性に対して劣情を覚えたのも。

そのことにおそろしい罪悪感を感じた。

決して穢してはならぬ存在だというのに、自分がこんなにも汚らしい欲望を抱くことが許せず、いっそ己の男を切り取ってしまおうかとすら思った。

すでに数度会っているにもかかわらず、尊すぎてディアナの名を呼ぶことさえできない滑稽な自分。

できることならあの天使の足もとに跪き、下僕としてでも側に置いてもらいたい。そうできたらどれだけ幸せだろう。

ああ、だが、それは叶わぬ夢だ。

彼女は巫女。自分は穢れた血。永遠に混じり合うことなどない。

どうすれば少しでも長くディアナと一緒にいられるのか。ディアナを失うとき、自分は死んでしまうだろうとさえ思った。もはやアルベルトにとってディアナは女神も同然である。

ディアナに愛されたいなどと身の程知らずなことは願わない。ただ側にいさせてくれればそれだけでいい。そしてときおりでも、自分に笑顔を向けてくれたら……。

生まれて初めて、神に祈った。

どうか神さま。どうか、どうか、どうか――――。

＊＊＊

小雪がちらつき始めていた。ディアナはほとんど駆け足で、神殿からの道を急ぐ。

ここ数回、お使いのたびにアルベルトに教典を読み聞かせている。ほんの十五分程度だけれども、そのぶんの時間を捻出するために行き帰りとも早足にならざるを得ない。

読み聞かせの時間はディアナにとってとても充実していた。アルベルトは熱心に耳を傾けてくれるし、初めのうちは無表情だった彼が、回を重ねるごとに柔らかな顔を見せてくれるようになってきたのが嬉しかった。

前回はいつもより寒かったので、読み聞かせの間アルベルトは自分の外套を脱いでディアナに着せかけてくれた。「嫌じゃなかったら……」と言いながら差し出してくれたアルベルトは、恥ずかしいような、怯えるような目をしていた。

彼はいつまで経っても自分のことを卑下しているように見える。あんなに強くて美しい人なのに。

教典を読んでいるときは強い視線を感じるのに、ディアナがふと顔を上げるとうつむいてしまう。

彼の心は虐（しいた）げられてきた生い立ちのせいで傷ついている。それがわかるから胸が痛んだ。見知らぬ少女を助けてくれる勇気と正義感を持った素晴らしい人。もっともっと心を開いてくれたら嬉しい。

気づけばいつもアルベルトのことを考えてしまっている自分に、少し恥ずかしくなった。男性のことで頭がいっぱいになるなんてはしたない。

息を切らして駆けつけると、アルベルトはすでに待ち合わせ場所に佇（たたず）んでいた。

黒い髪、黒い外套、黒いブーツ。ちらちらと光る雪の中で、白い吐息さえなければまるで彫像のように美麗な姿だ。なぜか胸が騒いでうるさい。

いつもディアナの姿を見ると、彼が一瞬瞳を輝かせるように見えるのは自分の勘違いか。アルベルトは今日はすぐに自分の外套を脱ぐと、ディアナを包むように肩にかけてきた。

「ありがとうございます、アルベルトさま。とっても暖かいです」

アルベルトはかすかに頬を弛（ゆる）ませた。それは本当に小さな変化で、よく気をつけていないと見落としてしまうようなものだ。そんな表情に胸がときめく。

懐かない動物が自分にだけ気を許してくれるような、不思議な心持ちがした。こんなふうに感じるのは傲慢（ごうまん）なのだろうけれど。

本当はアルベルトが風邪（かぜ）を引くといけないから着ていて欲しい。でも断ったら彼が悲しむ気がしてありがたく外套を借りた。

「いままでのところで、もう一度聞いてみたい部分はありますか」

言いながら、鞄から教典を取り出そうとした。

だが手袋もないかじかんだ指先は、引っ張り出した教典をつるりと滑り落としてしまう。

「あっ」

地面に落ちた教典を拾おうと、とっさに腰を屈めたのは同時だった。

教典の厚い革の表紙に、二人の手が重なる。

どきん！　と心臓が音を立てて鳴った。

触れているアルベルトの指が温かい。アルベルトは驚いて目を見開いたまま、まるで時が止まったように微動だにしなかった。

至近距離に端整な顔立ちがある。

瞬きもしないアルベルトの濃いまつ毛の先に雪がひとひら舞い落ちた。

うすく開いた唇から、白い吐息が漏れる。二つの息が重なるほどの近さで、ぎこちなく互いの視線が絡んだ。

とくん、とくん、と胸が早鐘を打つ音だけが聞こえる。

まぶたをぴくりと震わせ、少しだけ目を細めたアルベルトの白い顔がだんだん近づいてきて、唇同士が触れる刹那(せつな)――――。

「なにをしているのです、あなたたち！」

鋭い声が飛び、二人の間をなにかが空を切って地面に打ちつけられた。

地を打つガツンッ！　という硬い音に、重い金属同士がぶつかって揺れる音が重なる。

「きゃっ！」

アルベルトはとっさにディアナの手を摑んで身を引く。

二人が手を置いていた教典のすぐ脇に、金色の錫杖が突き立っていた。

ハッとして見上げると、一人の高位の神官と、その向こうにレリティエンヌの憤怒の形相があった。

ディアナを庇っているために動けないアルベルトの手の甲を、神官の錫杖が打ち据える。

錫杖の上部についている金環の飾りが揺れてじゃらりと鳴った。

「つっ……！」

アルベルトが打たれたのを見て、ディアナが悲鳴を上げる。

「アルベルトさま！」

鈍い音がした。もしや手の骨が折れてしまったのでは……。

錫杖はなおもアルベルトの肩といわず脚といわず打ち下ろされる。アルベルトはディアナを背に庇っているために避ける動作もないが、そもそも神官はアルベルト一人を狙っているようだ。

「神官さま！　神官さま！　おやめください、どうか……！」

立ち上がり、神官に縋ろうとしたディアナを、レリティエンヌが羽交い絞めにする。羽織っていたアルベルトの外套は、剝ぎ取られて地面に打ち捨てられた。

神官がアルベルトのこめかみを打ちつけたとき、アルベルトの体がぐらりと揺れて地面に倒れ込んだ。

いつの間にか豪奢な服をまとった二人の青年がアルベルトの背後におり、あっという間にアルベルトを後ろ手に縛り上げる。

「……兄上」

呟いたアルベルトに、青年は「兄などと呼ぶな！」と後頭部を殴りつけた。

この青年たちはアルベルトの兄——王子たちなのだ。

だがなぜ兄弟がこんなひどいことを。

神官が吐き捨てるように、地に伏したアルベルトに侮蔑の言葉を投げた。

「穢れた血めが。身の程も弁えず巫女に手を出そうとするなど、言語道断。そなたの行為は王にも報告してある。しかるべき処分が下されるであろうよ」

「だから王の命令で俺たちがおまえを捕らえに来たんだよ、この恥さらしが！」

兄の一人がアルベルトの背を蹴り下ろす。だがアルベルトの視線はしっかりとディアナに据えられたままだ。

「アルベルトさま……っ！」

叫ぶディアナの体を、レリティエンヌが拘束したままその場を離れようとする。

必死になって抵抗するが、レリティエンヌは女性とは思えない力でディアナを引きずっていく。

「あの男のことは忘れなさい。神聖なる巫女が穢れた血とつき合いを持つなど、許されることではありません」

穢れた血、穢れた血、穢れた血——！

なぜ。彼らのなにがいけないというのか。彼らだって人間だ。愛し合って、だがなんらかの事情から一緒になれなかった男女の愛し子もいるだろう。もし誰からも望まれなかった子だとしても、人を愛し、人間らしく扱われたいと願うことのなにがおかしいのか。

「私は……っ、神を愛するようにすべての人々を愛しています……！　穢れた血なんて言葉はなくなればいい……！」

言い切ったディアナの頬（ほお）を、レリティエンヌが張り飛ばした。口中に鈍い鉄の味が広がる。

「ディアナ……ッ！」

立ち上がろうとしたアルベルトを、王子たちが殴りつける。縛られて抵抗もできない体は、そのまま殴打の嵐（あらし）に呑み込まれた。

「いやあっ、アルベルトさま、アルベルトさまっ！　やめて！」

アルベルトは自分の身をわずかも守ろうとはせず、顔を上げて少しでもディアナを見ようとしている。

そんなアルベルトの必死な姿に胸が潰れるような痛みを覚える。

路地の陰から、黒髪の女性が覗いていた。長い前髪で片目を隠したその女性が、裏町で出会った娼婦だとすぐにわかった。

娼婦はレリティエンヌと目が合うと、にたりと笑う。レリティエンヌは彼女に蔑む一瞥を送ったあと、どこかへ行けとばかりに顎をつんと上げた。

直感した。娼婦が神殿にアルベルトとディアナのことを密告したのだと。

娼婦はちらりとアルベルトを見て満足げな笑みを浮かべたあと、踵を返して走り去っていった。

レリティエンヌに引きずられながら、アルベルトが初めて自分の名を呼んでくれたと、ディアナは気づいた。そう思ったら悲しくて、もっともっと名前を呼んでもらいたくなった。


ディアナはレリティエンヌに連れられて、蠟燭の炎の頼りない灯りだけで地下聖堂に続く階段を下りた。

神殿に着くなり縄で両手首を前にくくられ、さらにそこから延びた紐を引かれて犬のように後をついていく。

神樹を祀ってあるという地下聖堂は、神官と巫女の中でも特別な人間しか入ることを許されない。もちろんディアナも入ったことはなかった。ディアナのような見習い巫女に至っては、その存在を口にすることすら禁忌のような空気が流れていた。

その地下にいま自分が――常ならば、緊張と興味で興奮していたろう。だがいまはアルベルトのことが気になって仕方ない。

アルベルトはひどく殴られていた。無事でいるだろうか。これから彼はどうなるんだろう。ああ、自分が彼を読み聞かせに誘ったりしなければ……。

やがて大きな鉄の扉にたどり着いた。

ぎぃっと軋みを上げ、観音開きの扉が左右に大きく開かれる。中は暗く、なにかが蠢く音が聞こえる。どうやらかなり広いらしい。

異様な匂いが漂ってきた。

鼻の奥にまとわりつくような甘ったるい香りに、獣じみた生臭さが混じる。

ごとん、と音を立てて背後で扉が閉まったとき、ディアナの背筋を冷たいものが走り抜けた。

蠟燭の光だけでは、自分たちの周囲しか照らせない。レリティエンヌの冴えた美貌が浮かび上がった。

「お飲みなさい」

手渡された盃（さかずき）の中に、どろりとした黒っぽい液体が入っている。赤なのかもしれない。血を連想させて、生理的な嫌悪が浮かんだ。

だがディアナに選択肢はない。拒否したとしても力ずくで飲まされてしまうだろう。

まさか毒を飲まされるわけではあるまいと、こわごわ盃の縁に唇をつけた。

ごくりと唾（つば）を飲み込むと、縛られた両手で包み持った盃を傾け、ひと息に干す。予想よりも粘性のうすい液体は水のように喉を通り抜け、腹の中に滑り落ちた。

「ごほっ……、う……」

喉に絡まる甘さを持つ液体が通った場所が、焼けつくように熱く痺（しび）れる。腰を折って咳（せ）き込（こ）むディアナの体が、びくんと揺れた。

「あ……、な、なに……？」

体の奥の方が、ぐずりと溶けるような感覚に襲われた。

「あう……、あ……」

突如下腹がきゅうんと蠢きだして、なんともいえぬ感覚が脚の間から立ち上ってくる。服に触れている皮膚がむずむずした。

胸の先端が服に擦れ、ツンとした刺激が体を駆け抜ける。

「あ……っ」

「どうしました？」

ディアナの頬に朱が上る。

言えるわけがない、こんな恥ずかしい体の反応を……。

なにを飲まされたのかと不安になったが、それを聞くには体の状態を説明しなければならない。考えるだけで羞恥で頭が熱くなった。絶対口になんか出せない。

「な、なんでもありません……」

「そう。ではこちらにいらっしゃい」

蠟燭を持ったレリティエンヌが聖堂の奥に向かって歩いていく。ディアナは木製の長椅子が両側に並ぶ通路を前屈みになりながら、そろそろとついていった。祭壇に行くのだろう。

「……っ、」

歩を進めるたび、あらぬ場所からむず痒いような奇妙な感覚が湧き上がってくる。なぜか脚の間がぬるぬるとして気持ちが悪い。

いったい自分はどうなってしまったのだ。怖い……。

「は……、はぁ……」

体はますます熱く火照り、頭の中までどろどろに崩れていく気がした。だんだん思考がまとまらなくなっていく。

蠟燭の炎がゆらゆらと動き、視線が吸い込まれる。ディアナの頭が左右に揺れ、レリティエンヌの姿が近く、遠く、距離感が消失する。

——私はなにをしてるんだろう。ここはどこで、この甘い香りは……。

温(ぬる)い水の中にでもいるように、もったりとした湿気の多い空気が肌にまとわりついた。ディアナの秘処からぐずぐずと滴る体液は、もはや腿を伝って流れそうに溢れている。

(ああ、鬱陶しい。この空気のせいで、あんな場所がおねしょをしてしまったように気持ち悪く濡(ぬ)れているんだわ。早く湯殿に行って体を洗いたい)

生き物の気配が強くなってくる。祭壇になにか大きな生物がいるのだ。

ぼんやりと霞(かす)む頭でそう思ったが、思考が麻痺(まひ)して恐怖は感じなかった。

レリティエンヌは祭壇の前で歩みを止めると、

「もっと前へ出なさい」

手近な長椅子の上に蠟燭を置いてディアナを促す。

ディアナが祭壇ぎりぎりまで近づくと、突然眼前に大きな樹(き)が出現した。

いや、ずっとそこにあったのだろう。たったいま樹は燐光(りんこう)を発し、その姿がディアナの目に見えるようになったにすぎない。

(これが神樹——?)

ディアナの漠然とした想像よりもはるかに巨大な樹であった。

祭壇を覆い尽くすように茂る葉がみっしりと生え、風があるかのようにガサゴソと揺れ動いている。葉のてっぺんは高い天井までも届いているようだった。

幹は一本ではなく、太いものは人間の腰回りほど、細いものは髪紐ほどの蔓が複雑に絡み合っている。その蔓が光っているのだ。

「本来ならまだあなたは神樹に拝謁することは叶わない身なのですよ。光栄に思いなさい」

神樹が大きく揺れ動いた。「おおおぉぉおおぉ……」と老人の唸り声のような音がし、正面の葉が音を立てて左右に割れる。

そこにあるものが理解できるまで、数秒かかった。

「ひ……」

光景が脳に到達し、絶句する。

複雑に渦を巻く蔓の中に、赤みがかった金髪の少女が捕らえられていた。蔓が少女の全身に絡みつき、人形を抱くように宙に持ち上げている。

それがディアナの指導係の姉巫女であると気づくまで、さらに時間を要した。

喉が詰まってしまったように、息ができない。なんだこれは。奇妙な飲み物が見せるたちの悪い幻覚か。そうでなければ……。

姉巫女は白目を剝き、むき出しの全身をひくひくとわななかせていた。

乳房のつけ根に蔓がぐるぐると巻きつき、少女にしては豊かなそれを双つの砲弾のように突き出させている。

足首といわず膝といわず巻きついた蔓にむっちりとした白い太腿を大きく割り開かれ、あられもなく濡れそぼる中心に、束(たば)になった細い蔓が出入りしている。ゆっくりと動いてくちゃくちゃと貪(むさぼ)るような音を立てるそれは悪夢のようだ。

もっとも異様なのは、姉巫女の長い髪に執着する動きだった。まるで熱心に舐めるように、絡み、蔓に巻きつかせ、絶え間なく撫で回している。

あまりの衝撃に、逆に目が逸らせない。

生きているのか死んでいるのか、わからなかった。だが半開きで泡を吹く唇に赤子の腕ほどの蔓が侵入していったときに、ぴくぴくと頬が痙攣し、姉巫女はにたぁと笑った。

恍惚(こうこつ)としているのだ――！

それに気づいた瞬間、ディアナの足から力が抜けて、がくりと床に膝をついた。

姉巫女はこの触手のような樹に犯されて忘我を彷徨(さまよ)っている。姉巫女の口を犯した蔓がずるずると前後すると、姉巫女は壊れたように涙を流しながら「ぉっ…、ぉっ……」とえずいた。泡と涎が入り混じり、姉巫女の顎まで伝う。

「ど……、どうして……こんな、これは……、な、なんですか……？」

ディアナの背後でレリティエンヌの冷たい声がする。

「この者はあなたを陥れ、穢れた血に襲わせようとしましたね」

ディアナはそんな……と思ってから、最初に奨励を勧められたときのことだとすぐに思い至った。でもまさか、わざとだったなんて思いたくはない。

「あれは……、そんなつもりではなかったと……」

ディアナが遅くまで勉強していると褒めてくれた。励みなさいとほほ笑んでくれた。

「信じているのですか、愚かな子。この者は自分より美しい髪を持つあなたをずっと妬んでいたのですよ。私たちは彼女に機会を与えました。嫉妬という醜い感情を乗りきってあなたを指導できるかと」

辛く当たられることもあった。髪を引っ張られることもしょっちゅうだった。でも、それはディアナが未熟だからだ。

「親しくしている巫女に、あなたを襲わせようと思ったのに失敗したと零していたそうです。許しがたい罪ですよ。まさか〝神の花嫁〟候補のあなたを穢そうとするなんて」

神の花嫁――？

それは最高位の巫女に与えられる称号ではないのか。その候補に自分なんかが、そんな……。

神殿では四年に一度、「神の花嫁」と呼ばれる巫女を選出する。

もっとも見目麗しく、賢く、心根が清らかで、なにより美しい髪を持った巫女。身も心も特別な巫女だけが選ばれるのだ。

そして神の花嫁になれば、他の巫女とは違い、一生を神殿の奥深くで神に仕えて過ごす。

しがらみを断ち切って、ひたすら神に尽くす栄誉を与えられるという。二度と人の目に晒されることはない。花嫁が穢れてしまうからだ。

「この者は精気を搾り取ったあと、慰み者として神殿の奥で飼ってあげましょう。どうせもうまともな思考は残っていませんからね」

そんな……、そんな……！

レリティエンヌの言葉に震えが走る。

「あなたはいずれ花嫁になるかも知れない身。もっと修行に励まねばなりません。そのためにはあんな男のことは覚えていない方がよろしい」

言うなり、レリティエンヌは背後からディアナの背を突き飛ばした。

床に倒れ込んだディアナに、無数の蔓が蛇のように伸びてくる。あっという間にディアナをからめとり、樹の中央へと引き込んだ。

「いやあっ！」

ディアナの想像を裏切ってぬらりと濡れたそれは、体温を持っているように生暖かい。

襟、袖、裾――あらゆる隙間から蔓が忍び込み、ディアナの素肌を嬲る。下着の中にまで侵入され、すでにぬるぬるになっていた秘裂を滑られると、脳天まで突き抜けるような快感が身の内を駆け抜けた。

「ああああっ」

脚の間から、一層ぬるついたものが迸る。蔓はそれを舐め尽くそうとでもするように、陰核を擦りながら狭間を往復した。

同時に全身に蔓を這わされ、敏感な個所を一気に攻め立てられる。

「ひゃ…、あぁっ、あああぁぁぁぁああ……――!」

初めての肉の愉悦に、頭の中が焼き切れそうになった。思考が吹き飛び、皮膚を燃やすような感覚だけが鋭敏になっていく。

「安心なさいディアナ。正気を失うほど嬲らせはしません。あなたは少し記憶を失うだけ。もっとも、処女には少し辛いほどの快感を与えられるかもしれませんがね」

笑みを含んだレリティエンヌの言葉は、もはやディアナの耳には届いていなかった。

2

八年前のあの日を、幾度となく夢に見る。

穢れた血でありながら神聖なる巫女を堕落させようとした咎で、アルベルトは無残に打ち据えられた。

縛られたまま王と高位の神官たちの前に引きずり出され、顔を押しつけて平伏させられたときの床の冷たさ。

生活の苦労を知らぬせいか歳よりもずっと若く見える父王は、汚いものを見る目でアルベルトを冷ややかに見下ろした。

そのときの王の声は、妹の子に――実際は我が子であるにもかかわらず、優しさなど欠片(かけら)もなかった。

「いままで情けをかけてやってきたが、おまえの愚行には愛想が尽きた。死罪やむなし……と言いたいところだが、おまえのような者でも戦場ではいくばくかの力となろう。どうせなら国のために散ってくるがよい。手柄を立てれば褒美の一つもくれてやろうぞ」

褒美などいらない。欲しいのはディアナだけだ。

これから自分がどうなるかということよりも、もうディアナと会えなくなるだろうということの方が恐怖だった。ディアナを奪われたら、自分が生きる意味などない。

　上の兄がうす笑いを浮かべながら、アルベルトの首に鉄の首輪を塡めた。それは王国の奴隷兵士のものと同じである。

　アルベルトはこの瞬間、王子でありながら奴隷に堕とされたのだ。

　兄は耳もとで囁いた。

「いい格好だ、アルベルト。おまえなどが弟だと、ずっと思いたくなかった。これからは王国の飼い犬として、せいぜい餌のために働くんだな」

　声をひそめたふりだけしていても、周囲の人間には丸聞こえだ。だが誰もなにも言わない。アルベルトの扱いは総意なのだと知れた。しかし、それを惨めに思う余裕などアルベルトにはなかった。心の中はすべてディアナで占められていたのである。

　それから八年、この首輪が外されたことはない。

　アルベルトは絶えず戦場に駆り出されるようになり、剣奴に混じって前線で戦わされた。

　自分が生きるためには殺すしかなかった。生きてさえいれば、いつか再びディアナに会えるかもしれない。それだけを夢見て、王国の獣として戦う日々。

　皮肉にもその状況がアルベルトの生まれ持っての才能を開花させてしまった。

　斬り伏せた相手の悲鳴がアルベルトを興奮に引き込む。血の臭いを嗅げば脳が沸き立つ。

　自身が傷つければ、激流のような闘争本能に呑み込まれた。

狂戦士――血に狂う性を持つ戦士の名称である。それが自分だとは、アルベルト自身知らなかった。

闇色の髪と瞳に合わせた同色のマント。王国の獣のしるしである鉄の首輪を嵌め、戦場を駆け抜け、死体の山を築いていく。

アルベルトが通ったあとは屍の山ができる。返り血に塗れ、笑みを浮かべたまま剣を振るう姿は悪鬼がごとく。

味方ですら自分を恐れた。死線から舞い戻るたび、周囲の目は恐怖の色を濃くするようになっていった。

「なぜ死なない……」

兄たちはアルベルトに怯えた。

讃えられるはずの武勲はなおざりな賞辞で流され、陰では死神と囁かれる。

血を分けた王ですら、アルベルトを武器としか思っていないだろう。

いつかアルベルトは「漆黒の悪魔」と呼ばれるようになった。

戦場では強者こそが絶対である。王侯貴族がアルベルトを恐怖していくのと反比例して、奴隷兵士や穢れた血はアルベルトに熱狂していく。いまやアルベルトは下級兵士たちの英雄だった。上級兵士たちはアルベルトの戦力に頼りながらも、彼を毛嫌いしていたけれども。

武勲を立てるたびにそれなりの褒賞を手に入れた。異例の速さで出世をし、いまは小さな館まで与えられている。といっても、アルベルトを城から遠ざけたい兄たちによって、都のはずれの寂しい地区である。命令されるたび、そこから戦に出向く。

戦争は激化の一途をたどっている。

反乱軍はここ数年で急激に勢力を増した。彼らは西の大国の助力を得ることに成功したのである。

もともと反乱軍は、国教に反発する少数の人々が火種を作っては小さな内乱を起こし、鎮圧される程度の存在であった。

だがだんだんと反乱軍に共鳴する人間が増え始め、各地で争いが頻発するようになった。反乱軍を構成するのは主に奴隷や、王政に圧迫される下層階級などの貧しい人々である。穢れた血も多いと聞く。

西の大国は反乱軍の志を支持し、手を組んだのである。

そして今夜――。

「前にも言ったはずだ。おまえたちに加わる気はない。帰れ」

都のはずれに位置する小さな館の一室で、アルベルトは反乱軍から遣わされた密使と対面していた。

傍らにはアルベルトの小間使いの少年のマルコだけが控えている。二年前に館を与えられた際に買い上げた奴隷の一人で、穢れた血の少年だ。マルコはおとなしく視線を下に向けたまま立っている。

冷たく言い放つアルベルトに、反乱軍からの密使はもどかしげに拳を握った。

「なぜです！　あなただって、王子でありながら奴隷に堕とされたではありませんか！　悔しくないのですか。それとも王家の血の絆は、迫害を超越すると？　そんな扱いを受けてもあなたは王が大事ですか、アルベルト殿！」

なんと言われようと心に響かない。

反乱軍からの密使が来るのはこれで数度目だ。王国軍の中でも戦闘に秀でた剣士が穢れた血の奴隷であると知り、反乱軍はアルベルトを取り込もうと密使を送ってきた。

王などどうでもいい。誰かに認められたいなどとはもう思わない。自分が生きている理由はただ一つ。

反乱軍は国教に反発する集団だ。都が戦場になれば神殿も攻め入られる。ディアナのいるであろう神殿に。

その手伝いを自分にしろと？　ふざけるな。ディアナを危険に晒すことに加担などできるわけがない。

自分の勝手な気持ちなのは重々承知だが、ディアナを人質に取られた気でさえいる。アルベルトが王国に牙を剝かずひたすら諾々と従っているのは、ひとえにディアナを想っているがゆえだ。

「王国軍にもはや劣勢を覆す体力がないのは明白です。前線に出ているあなたがいちばんよくご存じのはず」

「なんと言われようが気を変えるつもりはない。殺されたくなければ出ていけ」

話は終わりだとばかりに席を立った。密使が悔しげに唇を噛む。

「あ……、あなたは人間らしい暮らしをしたくないのか。私の妻はこの国では穢れた血と呼ばれる人間だ。妻のため、妻の仲間のため私は闘う。どうか……、どうか力を貸して欲しい。我が軍に来てくれればあなたの地位は約束する。非嫡出子でも結婚できるし、子も望める。あんなおかしな国教に縛られることはないんだアルベルト殿！」

少しだけ、心が揺れた。ディアナとの暮らしが一瞬頭を掠めたのだ。

結婚など、ディアナでなければ意味がない。地位もいらぬ。国にも国教にも関心などないのである。ディアナのいるところが自分のいるところ。彼女が国教を信奉しているなら、自分はテオスワールに留まるのみだ。

いまこうして密使が自分を欲しがり、大勢の奴隷や穢れた血が自分を英雄扱いするのは、アルベルトが武勲を上げたからだ。その前は誰一人自分を顧みなかったではないか。穢れた血と知ってなお、小さな体でアルベルトを守ろうとしたディアナ以外。

もしもディアナが手に入るなら……。

アルベルトがわずかに揺らいだのに気づいたのか、密使はたたみかけるように続ける。

「テオスワールの中枢は狂っている。一部の神官と王侯貴族が癒着し、私欲に任せて法令を作り上げ、宗教を自分勝手にねじ曲げる。敬虔な信徒は清廉な暮らしをしている者も多いだろう。彼らまでを否定するつもりはない。だが知っているか。神殿仕えの巫女でさえ、やつらの私欲の犠牲となっていることを」

聞き捨てならない。

明らかに反応したアルベルトに、密使は声を落として囁いた。

「穢れた血が、他の人間がやりたがらない仕事に従事させられているのは知っているだろう。かつて神殿で働かされていた仲間が見ている。巫女たちの中には好色な神官の相手を務めさせられたり、おかしな儀式のせいで錯乱している者もいるという。表沙汰にできない理由で命を落とした巫女は他の人間には知られないよう処分される。やつらは穢れた血を人間と思っていないから、平気でそういう汚れた仕事をやらせるんだ」

戦場でも経験したことがないほど、心臓が不安定に脈打った。

「特に〝神の花嫁〟と呼ばれる巫女は……」

耳を疑う内容が次々ともたらされる。

神の花嫁の存在は知っている。神に一生を捧げる最高位の巫女。神に嫁いであとは神殿の奥深くで暮らし、人前に現れることはないという。

「生贄……？　喰われる……だと？」

そうだ、と密使は真剣な顔で頷いた。

「神殿の地下には生き物のような巨大な神樹があるらしい。四年に一度、もっとも優れた巫女を捧げるんだ。表向きは神に嫁いだことになっているが、実際は神樹に喰われてしまう。喰らう前に一年にわたって食餌になるべく儀式を行うらしいが」

馬鹿な。そんな荒唐無稽な話が信じられるか。

そう思うのに、心臓が嫌な汗をかいて収まらない。

「私の仲間が死体を処分したと言っていた。美しく長い髪は巫女に違いないが、無残に喰われたその姿は元が人間であるということしかわからない状態だったそうだ」

おそろしい図が脳裏に浮かび、アルベルトは腹を立てて密使を館から叩き出した。

そんなことがあるものか……！

いらいらと部屋を歩き回り、どさりとソファに腰を下ろしたアルベルトに、マルコがそっとゴブレットに入れた酒を差し出す。

「さっきの話ですが、ぼくも聞いたことがあります。本当に、うわさ程度ですけど」

アルベルトの焦燥ぶりを気にしたのか、普段は控えめであまり口を開くことのないマルコが言った。アルベルトの胸に黒い靄が広がる。

ということは、あながちアルベルトを引き抜くための反乱軍の作り話というわけでもないのか。

ディアナは素晴らしい。彼女以上の女性は巫女にもいないだろう。もしさっきの話が真実ならば、大いに危険だ。

（くそ！　今すぐ神殿にディアナを探しに行きたい！）

だがアルベルトは神殿に近づくことを禁じられている。常に行動を見張られている以上、神殿に突入したとしてもすぐに捕まってしまうだろう。

なにもできない自分の無力さが歯痒い。

心配で胸が張り裂けそうになりながら、アルベルトは酒をひと息に飲み干す。

再びの出立を明日に控え、アルベルトは仕方なくベッドへ向かった。

国境になっている切り立った崖の下で、王国軍は待ち伏せた反乱軍に襲われた。

もともと国境を越えての遠征には、アルベルトをはじめ、指揮官や実戦に出向く兵士たちは反対だった。だが王国軍の劣勢に焦った将軍は、国境の外に陣営を構えた反乱軍の中枢を一気に叩いてしまえと、強引に隊を送り出したのである。

崖の下を通過中、上から大岩を落とされて後方の部隊は全滅した。退路を断たれた王国軍は前に進むしかない。崖下を越えてしまえば片側には大きな森が広がっている。そこまでたどり着けば、ちりぢりにでも逃げ出した兵士が生き残る可能性もある。

前方からは歩兵の集団。数に任せた下級兵士たちが槍や剣を構え、騎馬の王国軍に突進してくる。

一人一人の手応えは弱いものの、とにかく数が多い。

馬上からでは馬を狙われれば不利と、アルベルトは早々に馬を捨てて剣を抜いた。敵方の将へ突き進めないのであれば、馬に乗っている意味がない。

瞬く間に数人を斬り伏せ血路を開く。

目の端で森の位置を確認し、敵兵の手薄なところを探す。

敵味方入り混じる混戦の中、ふいにアルベルトは左腕に焼けつく痛みを覚えた。

（まさか……！）

自分の腕に、矢が突き立っていたのである。幾本もの矢が飛来し、つぎつぎと兵士たちを貫いていく。

「お、おい……、矢だ！」

王国軍兵士が騒然とする。

信じられない。周囲には反乱軍兵士の方が数が多いのだ。迂闊に矢を使えば、自軍の兵に当たってしまうではないか。

アルベルトの隣で肩を射抜かれた反乱軍の兵士が、血走った目をぎらつかせた。

「見たか悪魔め！　おまえを討ち取るためなら、俺たちは自分の命だって犠牲にする！」

口角から泡を飛ばした兵士は、もう一本の矢に背中を貫かれると白目を剥いてどうと地に倒れ伏した。

信じられない……。「漆黒の悪魔」を倒すため、敵は自軍の兵をも巻き添えにしてまで矢を射かけたのだ！

捨て身の作戦に王国軍は慄き、反乱軍に取り囲まれたアルベルトを、仲間は見捨てて逃げ出した。

いや、逃げざるを得なかったのだろう。敵の目的は明らかにアルベルトだった。その証拠に、逃げた兵を深追いする様子は見られない。

アルベルトを守るはずの兵は我先にと戦線を離れ、あとには素早さを重視して黒革の軽装鎧をまとったアルベルトだけが残った。

ぐるりとアルベルトを取り囲んだ敵は勝利を確信し、もはや矢も飛んでこない。

四方から槍が、剣が突き出される。同時に攻撃されれば、防御できない背中側に傷を負うのは必定だった。深々とアルベルトの肩に喰い込んだ剣が、そのまま下に引き下ろされる。

熱い痛みに背中が撓った。

よろめいた瞬間、剣の切っ先で右目の上を裂かれる。溢れ出した鮮血で視界が朱に染まった。

皮肉にも、首に打ち下ろされた剣を弾いたのは奴隷の証の鉄の首輪だった。首輪のおかげで致命傷を避けられたのである。

矢で貫かれた左腕に血流が集まり、どくどくと脈打つ。剣で切り裂かれた背が燃えるようだ。

もう少しで悪魔を討ち取れると歓喜に溢れた敵兵の動きが、アルベルトの目にやたらゆっくりと映った。

唇まで流れた血を舌先で舐め取った刹那、アルベルトは脳髄が沸騰するような興奮に包まれた。

あとはよく覚えていない。

血飛沫（ちしぶき）が飛び散る中で、驚愕の表情を浮かべた男たちの間に自分の振り回す銀色の光だけが躍っていた気がするが、それも定かではない。

ただ、自分がひたすら笑みを浮かべていたことだけは覚えている。

血の臭いと味が体中を満たし、肉を裂き骨を断つ感触が手に伝わるたびに恍惚に酔いしれた。叫びが心地よい音楽のように耳に流れ込んでくる。

この瞬間、自分は生きていると感じる——。

気づけば荒い息をつきながら、アルベルトは国境の森を覚束ない足取りで踏み分けていた。

(死ねない――――こんなところで死ねるものか)

夏が近づき、緑の腕を長く伸ばした草葉がアルベルトの姿を隠してくれる。

戦場で乗り手を失った馬を捕まえて、遠くへ、できるだけ遠くへと走らせた。馬が潰れるまで。もはや戦の気配も感じられない場所まで逃げてきた。

それでもなにかに突き動かされるように一昼夜も歩き続けた。

肩から腰まで、ざっくりと剣で斬られた背中に血が滲んでいる。首にまとわりつく鉄の首輪が鬱陶しい。

どうやってあの大人数の中から脱出したのだろうと、いまさらながら不思議に思う。

悪魔は今日も生き残った。また城に帰れば、そういう目で見られるのだ。

視界は霞み、血を失っていく体は痛みすら麻痺していた。もはや自分が歩いているのか、立ち止まっているのかすらわからない。

目の前を白い光がちらちらと泳ぐ。

木の根に足を取られ、地に倒れ伏してようやく、ああ、いままで歩いていたのかと思った。

死ねない。死にたくない。もう一度ディアアナに会うまでは。

アルベルトのまぶたの裏に、太陽の光をまとったような黄金の髪の少女が浮かぶ。

屈託のない笑いを浮かべる、自分より四つ年下の少女の笑顔だけがアルベルトの救いだった。あれから八年になる。いまごろは美しい乙女(おとめ)になっているだろう。

——もう一度会いたい。

混濁した意識が闇に沈む前に、たった一人、愛しい少女の名を口にした。

「ディアナ……」


ふと目を開くと、視界に白い光が飛び込んできた。

数度瞬きをすると、白い光の正体はピローカバーであると気づく。

アルベルトはうつぶせに寝転がっていた。柔らかく頰と体を受け止めるのはベッドらしい。

「……」

素早く自分の状態をチェックする。

拘束されている様子はない。ということは敵に捕まったわけではないだろう。うつぶせにされているのは背中に傷を負っているからか。手当てをしてあるようだ。肩から腰に包帯が巻かれている。矢で貫かれた左腕にも包帯が巻きつけてあった。

斬られた右目の上に包帯を巻くために、右目ごとガーゼを当ててある。視界は左目のみ。

ブランケットの中で全身にかすかに力を入れてみる。背中がひどく痛んだ。上半身は包帯のみ。手……、脚……、大丈夫、動ける。服は……腰から下だけはいている。

剣はどこにあるだろう。

ここはどこだ。自分は国境近くの森で倒れたはずだ。

慎重に眼球だけを動かして目に映るものを観察する。ピローの盛り上がりに邪魔をされて、視界は大して広くない。

ベッドサイドのナイトテーブルに載った青く透き通った水差し。白い花の活けてあるフラワーベース。木枠で格子に仕切られた窓からいっぱいの光が差し込んでいる。小鳥のさえずりと光の加減からして朝方と思われる。壁紙はシンプルで古めかしい。

どこかの民家のようだ。

アルベルトは過去に二度、敵に捕まった。一度目は剣奴に混じって戦場に叩き込まれた十六の時。敵の見張りを殺し、他の捕虜と逃げ出した。

二度目は十八の時。王の息子だと知った敵に捕らえられ、王国軍の情報を引き出すために拷問された。相手がアルベルトが血に狂う性質だと知らなかったために隙が生まれ、逃亡することができた。

どちらも不潔で薄暗い石牢に閉じ込められ、こんなふうに清潔な部屋ではなかった。

部屋に人の気配がないことを確認すると、アルベルトは左腕を庇いながら右腕だけでそっと体を起こした。背中に激痛が走るが、想定していたので歯を食いしばって痛みの波が去るのを待つ。

周囲に神経を配りながら起き上がり、あらためて部屋の中を見回す。

ごく小さな寝室だ。質素ではあるが清潔に整えられた家具と寝具。角部屋で二方が窓、一方は壁、一方に扉がある。窓の一つは直接外へ出られるよう掃き出し(はきだし)になっている。こちらは家の裏方らしく、すぐ外は森に繋(つな)がっている。

ソファにはアルベルトの剣が立てかけてあった。着ていた服と鎧が見当たらないのは、損傷し血で汚れたために片づけてしまったからだろう。無防備に剣を置いてあるのだから、とりあえず危害を加えられることはなさそうだ。

それでも注意を怠るべきでないことは、これまでの経験からわかっている。

アルベルトは痛む体で床に立った。血が下がったのか一瞬視界がぐらりと揺れたが、落ち着いて目眩(めまい)をやり過ごす。発熱しているらしく、体が燃えるように熱い。この怪我(けが)である、無理もない。

まずは剣を手に取る。満足に戦える体ではないが、ないよりはあった方が安心だ。しかしいまの状況を総合的に判断するに、危険がありそうには思えない。

歩くと体中がズキズキと痛む。特に背の傷はすぐにも開いてしまいそうだ。だがじっと誰かが来るのを待っているより、自分で動いた方がいい。万一この家の人間がなにか企(たくら)んでいるとしたら、先手を打つのが得策だ。

警戒しながらドアノブを回す。音を立てずにうすく扉を開くと、なにかを煮ているような食べ物の匂いがぷんと鼻腔をくすぐった。途端に空腹を意識する。

向かいに閉じた扉が一つ。右手に延びた短い廊下の突き当たりは扉が開いていた。匂いはそこから流れてきているようだ。キッチンなのだろう。

油断なく足音を殺し、そろそろと歩を進めていく。

そっと中を窺うと、若い女がこちらに背を向けて料理をしていた。腰の下まで伸びる長い金髪を後ろでまとめ、フリルのついたエプロンをしている。機嫌よさげな鼻歌まで聞こえる平和ぶりに、若干気が抜けた。

テーブルの上には木のトレーにワインとグラス、ポリッジが載っている。

女は皿にスープをよそうと、くるりと振り向いた。

「きゃっ!?」

アルベルトを見てびくっと身を震わせ、慌てて皿をトレーに置いた。

視線をうつむけ、真っ赤になって手で自分の唇を覆う。

「い、いやだ、聞いてらしたの？」

それからすぐにハッとした様子で顔を上げ、心配そうにアルベルトを見た。

「起きてらして大丈夫なんですか。いま食事をお持ちしようと思ったんですが」

足から力が抜けていく気がした。

自分の目が信じられない。

まばたきもできずに目の前の顔を凝視した。

なぜ――なぜ彼女がここに。まさか、もう巫女ではないのか。

野の花を閉じ込めたような菫の瞳、朝露に濡れた薔薇の色をした唇、そしてなにより、蜂蜜のごとき輝きを持つ長い髪。まさか……、まさか……！

「聞こえますか。私の言葉がわかります？」

アルベルトの半開きになった唇が震えている。心の中ではその愛しい名前を叫んでいるのに、ちっとも声にならない。

彼女はアルベルトの緊張を解くように、愛くるしく破顔した。アルベルトの胸の中の、想い出と同じ笑顔で。

「ここは私の父の家です。どうぞ遠慮なく養生してくださいね」

ディアナ――！

自分にとって唯一神にも等しい、尊い人。

「ディ……」

ひくっと喉が震え、それ以上声にはならなかった。

ディアナは凝然とするアルベルトに近づくと、困ったように首を傾げてアルベルトを見

上げた。その愛らしさに釘（くぎ）づけになる。

「痛みますか？」

ポケットからハンカチを取り出し、優しくアルベルトの頬に押し当てる。

そのとき初めて、自分が滂沱（ぼうだ）と涙を流しているのに気づいた。

(痛みなど！)

この喜びの前では消し飛んでしまった。

いまこそ彼女に忠誠を誓う。もう二度と離れたくない。側に置いてもらえるならなんでもする。

アルベルトが跪き、床に手をついたのを痛みのためだと思ったようだ。ディアナは急いで自分もしゃがみ込み、アルベルトの肩に手を置いた。

「大丈夫ですか。ベッドに戻りましょう」

アルベルトは床にふわりと広がったディアナのスカートの裾を取り、恭（うやうや）しく口づけた。

たった一人の、自分の女神。

自分の姿はあの頃と変わってしまってわからないのだろう。だが名を聞けば思い出してくれるはずだ。彼女の中でいい想い出ではなかったとしても、自分を思い出して欲しい。

「俺だ。アルベルトだ……」

見上げると、菫の瞳と視線が合う。ディアナは花のように唇を綻ばせた。

アルベルトの胸にも、満開の薔薇が咲き誇るような喜びが生まれた。

だが——。

「まあ、私ったら。名乗るのが遅れて失礼いたしました。ディアナと申します。はじめまして、アルベルト」

(——はじめまして?)

まったくの初対面の人間に対する目を向けられ、奈落(ならく)に突き落とされた気分になった。

＊＊＊

あの人は怪我のせいで記憶が混乱しているのだろうか。

過去に自分と会ったことがあると言う。

でもディアナにそんな記憶はない。誰かと間違えているのだろう。そもそも神殿の外へはあまり一人で出たことがないのだ。

神殿に巫女見習いとして入ったときこそ一人でお使いに出ることもあったけれど、半年を過ぎた頃に突然見習いを終了させられ、下級巫女を飛び越して中級巫女に格上げされた。

そんなことは普通、貴族出身の巫女くらいにしかありえない待遇である。ディアナは注目の的になった。

身に余る光栄に戸惑い、なぜと巫女長に問うても「励みなさい。髪を美しく保ちなさい」と返されただけ。

それ以降は一人で外出することはなかった。常に誰かにつき添い、もしくはつき添われたものである。この村に来るにも、道中は危険だからと騎士の護衛がついた。

期待に応えられるようにと、勉強に仕事にと人一倍頑張った。

髪は誰にでも褒められた。けれど慢心することなく、常に美しくあろうと努めた。

そしていまや――。

「巫女さま。お野菜はこちらに置いていいですか」

キッチンの裏口から、十歳ほどの少年が覗いている。畑で採ったばかりの野菜がたくさん載った大きなかごを持って。

「ありがとう。お父さまにも、どうぞよくお礼を伝えておいてくださいね。いずれ私からもご挨拶に伺います」

ディアナが礼を言うと、少年は顔を真っ赤にしてぶんぶんと首を横に振った。

そして得意げに顎を上げる。

「気にしないでください！　巫女さまはうちの村の誇りだから食べてもらったら嬉しいんだって、とうちゃ……父も言ってます。ね、巫女さま、花嫁さまになるんでしょう？」

少年は興味を隠せない口調で身を乗り出した。その様が愛らしくて、ディアナはほほ笑んでしまう。

「はい。神に嫁ぐことになりました」

「すごーい！　すごいね巫女さま！　ウチの村から〝神の花嫁〟が出るなんて！」

興奮して飛び上がる。

ディアナは少年の喜びようにつられて、くすくすと笑ってしまった。「神の花嫁」と会話したことが嬉しくてたまらない様子だ。

ディアナはいまや、神の花嫁と呼ばれる最高位の巫女になることが決定した。花嫁となる巫女は一年の間、毎月満月の夜に儀式を執り行う。十二回の儀式のあと、神に嫁ぐことになる。

最後の儀式の前には、故郷に帰って家族に別れの挨拶をするのが一般的だ。ディアナは父の危篤（きとく）の知らせを受けたので、取り急ぎ戻ってきた。儀式はあと二回残っている。

「巫女さま、また来月も来てくれるんだよね？」

「ええ、来月は最後の挨拶に参ります」

「村のみんなで盛大にお祝いしなきゃね！」

少年が走り去るのを、手を振って見送る。

こうやって村人がつぎつぎに差し入れを持ってきてくれるおかげで、およそ八年ぶりの帰郷だというのに、ディアナはなに一つ不自由することはない。

もともとこの村で神官を務めていた父は、村人から大変に慕われていた。だからディアナがいま村人に親切にしてもらえるのも、父の影響が大きいと思う。

その父が亡くなったのは先日だ。危篤の知らせを受けて慌てて村へ戻ってきたが、通常なら徒歩で一か月、馬車で十日間、馬を急がせても一週間はかかる辺境の村である。到着したときは、すでに埋葬されていた。

父を看取れなかったことは残念だが、丁寧に葬儀を執り行ってくれた村人にとても感謝している。自分が巫女として立派に務め上げることで恩返ししたい。

ディアナがいるこの住居兼教会には、いずれ新しい神官が派遣されてくるだろう。次の神官のために、父の私物も片づけておかなければならない。

といっても質素倹約を旨としていた父である。古い服と小物を処分し、想い出の品をいくつか選り分ければおしまいである。家具は次の神官にそのまま使ってもらおう。

野菜を洗っていると、また裏口から声をかけられた。

「ディアナ」

背の高い男が立っていた。村長の娘の子、この村で唯一の非嫡出子の人間であるヒューだった。

柔らかなウエーブを持つ暗褐色の髪、青い瞳は典型的なテオスワール人の色合いだ。

ディアナの幼なじみである彼は、ディアナが村に戻ってから、毎日用事はないかと聞きに来てくれる。ディアナも気心が知れたヒューにはもっとも気安く頼みごとができるのでありがたい。

「ヒュー。昨日はありがとう」

「いや。彼の様子はどうだ」

ヒューには昨日、森で倒れていたアルベルトを運んでもらった。手当ても手伝ってもらったので気にしてくれているのだろう。

花を摘みに行った森でアルベルトを見つけたときは本当に驚いた。ディアナ一人では抱えることができず、ヒューを呼びに行ったのである。

他の村人に頼むのは躊躇われた。アルベルトの首に、奴隷兵士のしるしである首輪がついていたからだ。そのうえ髪が短いとあれば、彼は「穢れた血」に違いない。

「さっき目を覚ましたの。でも食事も取らなくて……。とても辛そうだったわ。仕方ないわね、あんな怪我をしてるんだもの。それに、怪我のせいで混乱してるみたい」

「混乱?」

ディアナは頬に手を当てて頷いた。

「私と会ったことがあるって言うの。私は覚えてないんだけど……」

「奉仕活動のときにでも会ったんじゃないか? あの出で立ちから見て彼は都の人間だ。どこかで会っていても不思議じゃない。向こうはきみを覚えていて、きみは大勢の中の一人だから彼を覚えていないんだろう」

そうかもしれない。だとしたら、申し訳ないが全員の顔と名前を記憶しているわけではない。

「無理もない。きみは印象的だからね。ほとんどの男はきみの記憶に残りたがるだろう」

「そんな……、やめてヒュー」

「本当だよ。信じられないくらいきれいになった」

お世辞なのだとわかっていても、こんなふうに言われると照れてしまう。ディアナは熱くなった頬をごまかすようにヒューに背を向けた。

「ごめんなさいね、立ち話させて。お茶を淹れるわ、座っててくれる？」

いくら幼なじみとはいえ、異性からの褒め言葉に免疫がない。

ヒューだって、昔に比べてずっと背も伸びて、いまや立派な成人男性なのに。あんな言われ方をされたら恥ずかしくなってしまうではないか。

「それでいま、彼は？」

「眠ってると思うわ。すごく憔悴した顔をしていたから、ベッドに横になってもらってる」

ヒューはしばらく間を空けて、ぽつりと呟いた。

「あいつ……、あいつも〝穢れた血〟だよな」

ディアナは振り向いて、眉をひそめた。

「その言い方は好きじゃないわ。まるで自分のことまで卑下しているみたいよ、ヒュー。それに彼の名前はアルベルトよ。あいつなんて言うのはやめて」

ヒューはテーブルに肘をつき、組んだ手に顎を乗せてディアナを見ている。

「あれは奴隷兵士の首輪だろう。それなのに貴族みたいなあの服と剣……戦争で手柄を立てれば奴隷でも……、穢れた血でも出世させてくれるのか？　望みの褒美をもらえるのか？」

ディアナの胸に不安が広がる。ヒューは都へ行って兵士になろうとでもいうのか。

非嫡出子は国教による正式な結婚はできない。もし愛し合う人ができたとしても、残念ながら、彼の未来に明るい家庭は望み難い。せめて出世をと考えるのは無理からぬことだ。

だからこそ違う土地に希望を持っているのだろうけれど、都での迫害ぶりを知ればヒューは絶望してしまう。彼は都で穢れた血がどう扱われているかを知らないのだ。村など比べものにならないことを。

口に出したことはないが、ディアナ自身、その国教のあり方には疑問を持っている。どうして同じ人間なのに区別されなければならないのだろうと。

「アルベルトは……、きっと特別なんだわ。確かに奴隷であっても優秀な人はそれなりの地位をもらってる。けど、本当にほんのひと握りの人だけなのよ。ほとんどの人たちは、とても苦しい生活を送っていて……」

奴隷の中にも少数だが国教の信徒はいる。奴隷同士の正式な結婚で生まれた嫡出子同士に限るとされているが。だが非嫡出子はどうやっても信徒にはなれず、奴隷の中でもさらに下層と見られているのが現状である。

国教信徒の奴隷はその優位を示すため、髪を長くしているのが常だ。アルベルトの髪が短いということはつまり、彼は穢れた血である証拠といえる。それでいてあの身なりとは、彼の剣士としての優秀さは群を抜いているということだろう。

めったに神殿の外に出ないディアナは世事に疎く、その程度の推測しかできないが。

「優秀……か」

納得しかねる声音で繰り返すヒューは、遠いなにかを見ているような目をしていた。

不安が大きくなる。ヒューはアルベルトに対抗意識を燃やしているように見える。初めて会った同族としての興味からだろうが、悪い方に傾かねばいい。

「比べるようなことじゃないわ、ヒュー。あなたにはあなたの人生があるでしょう。私はあなたに戦争になんて行って欲しくない」

ヒューは少し残念そうな、困ったような顔をした。

「……とにかく、アルベルトだっけ。彼が落ち着いたら、おれも話をしたい」

「そうね。アルベルトも、歳の近い同性となら話しやすいと思うわ。ねえ、彼の力になってあげてくれないかしら」

ヒューは苦笑いを浮かべた。

「それって、まさか友達になれってこと？　穢れた血同士だから気が合うだろって？」

「そんなつもりで言ったんじゃないわ。友達になれたら素晴らしいと思うけど、無理してなるものじゃないし。ただ、私はもう少ししたら月に一度の儀式のために一旦都へ戻らなきゃいけないし、その間アルベルトの面倒をみてあげてほしいの。彼はまだ一人で動けないでしょう」

ヒューは頷いてくれた。

「ディアナが留守にする間おれに家の管理を任せるって、村のみんなに言っといてくれればいい。おれがいたら他のやつらはあまり近づかないだろうしな」

自嘲するでもなく当たり前にヒューが言うことに、悲しい気持ちになった。非嫡出子を汚れた存在として刷り込まれている村人の意識は、なかなか変わらない。自分の無力さが歯痒い。

せめて自分だけでもそんなふうに思っていない気持ちを伝えたくて、ディアナはテーブル越しにヒューの両手をそっと包んだ。

「私はあなたが大好きよ、ヒュー」

ヒューは苦笑いした。

「変わんないなあ、ディアナは。普通はこの歳になったら異性に大好きなんて言わないぜ。誤解されるから。ま、でも、それがディアナのいいとこだよな。都に行っても変わらなくてどさ」

安心したよ。本当は高飛車な巫女さまになって帰ってきたらどうしようって思ってたんだけ

ディアナはパッと赤くなって手を離した。

そうか、そうかもしれない。あまり男性と関わることがないから、つい子どもの頃と同じつもりで好意を口にしてしまった。

ヒューは茶を飲み干すと、温かい目で笑いながら席を立つ。

「おれも大好きだよディアナ。きみときみの父さんだけが、おれをみんなと同じように扱ってくれた。来月でもう会えなくなると思うと残念だ。でも会えなくなっても、きみはずっとおれの大事な幼なじみだから」

「私もよ、ヒュー」

ヒューは手を振って帰っていった。

ヒューはとてもいい人だ。ひねくれることなく真っ直ぐ育った彼に、いったいどんな落度があるというのだろう。国教は彼らの存在を受け入れてくれない。でも本当に神は彼らを嫌っているのかしらと、ときどきディアナは思う。

教典には非嫡出子に関する記述はない。国教に「穢れた血」が入信できないとされているのは、もしかしたら人間が勝手に決めてしまっていることなんじゃないかと考えることがある。

ああ、こんなふうに疑問を持つこと自体、修行が足りないのかもしれない。そういうものなのだと信じるしかないのに。

ディアナは重くなった気分を払拭するように残りの家事を手早く済ませた。アルベルトの様子が気になって部屋のドアをノックする。

返事はなかったが、数秒待ってから静かにドアノブを回した。

そっと様子を窺うと、荒い息遣いが聞こえた。ベッドに近づいてみると、うつぶせになってブランケットを被った体がぶるぶると震えている。額に玉のような汗を浮かべ、顔色も真っ青だ。熱が高くなっているに違いない。

乾いたタオルで吸い取るように汗を拭うと、アルベルトがうっすらと目を開いた。眼球は熱のせいで濁り、焦点が定まらずに揺れている。

アルベルトの色を失った唇が「寒い……」と呟いた。

隣の部屋から冬用の毛布を持ってこようと立ち上がりかけた、そのとき。

「きゃっ……！」

突然腕を引かれ、ベッドに引きずり込まれた。

あっと思う間もなく、腕の中に包み込まれる。

「いやっ……」

のしかかってくる大きな体に驚いて押し返そうとしたが、

「つっ……！　ぅ……」

アルベルトがうめき、傷を負っていることを思い出して抵抗できなくなった。

ガタガタと震えるアルベルトがしがみついてくるのに、彼は人の熱で温まりたくてとっさに目の前の人間を摑まえたのだろうと理解する。

火の塊のような熱さ、じっとりと濡れた肌、立ち上る汗の臭い……。首筋に吹きかかる獣のような息が彼の苦しさを伝えている。

初めて知る他人の体の重みに心臓を波打たせながらも、傷に触れないよう、遠慮がちに背に腕を回す。少しでも苦しさが和らぐといい。

アルベルトはなにかに怯えるようにぎゅうっとディアナを抱きしめた。そんなふうにされると、体の底から慈愛の念が湧き上がってくる。大丈夫、大丈夫よと慰めたくて、指先で優しく背を撫でた。

だがあまりにきつく抱かれると、ディアナの豊かな膨らみがアルベルトの硬い胸に潰されて息苦しい。

少し弛めてもらおうと、小さな声で名を呼んだ。

「アルベルト」

アルベルトの体がびくりと揺れた。

ディアナの首もとに埋めていた顔をゆっくりと上げて、熱で赤く染まった目を向けてくる。

苦しげに半開きになった唇がわなわなと震えたかと思うと、たちまち潤んだ目からはらはらと涙が零れ落ちた。

ディアナは驚いて思わずアルベルトの涙を指で拭う。

「痛みますか？　熱で辛いですか？　それとも……、んっ!?　んん……っ」

なにが起こったのかわからなかった。

涙を拭っていた指を摑まれ、手のひらごと顔の横に縫いとめられた。急に視界が狭（せば）まり、黒々と濡れた宝石のような輝きでいっぱいになる。

キスをされていると気づいたのは、生き物のような舌が口腔（こうこう）に忍び込んだときだった。上口蓋（じょうこうがい）を舐められ、ぞくりとした官能が下半身に落ちる。

「う……ん、ん……」

アルベルトの濡れたまつ毛が瞬いてディアナのまつ毛を撫で、反射的に目を瞑った。アルベルトの流す熱いしずくが、ディアナの目の縁までをしとどに濡らす。目を開いたら涙が流れ込んでしまいそうだ。涙はこめかみを伝い、耳もとまで滴った。

（怖いっ……）

キスは初めてだった。

十二の歳から神殿で暮らし、周りにいるのは神官だけ。

巫女も結婚することはあるけれど、その際には神殿を出る決まりである。巫女は穢れなき乙女でなければならない。

生涯を神に捧げようと決めているディアナは、男性に興味を持つことなどなかった。好奇心いっぱいの少女たちの間で、キスとは、恋愛とはどのようなものかと夢想し、想いを馳せることはあったけれども。

「は…っ、ぁ、う……」

こんな……こんなに動物的で荒々しいものだったなんて！

アルベルトの厚い肉はディアナの竦んだ舌を擦り、絡め合うようにまとわりついてくる。熱で乾いていた舌は、ディアナのそれと混じり合い、徐々に湿りけを帯びていく。

溢れ始めた唾液が喉に絡み、思わずこくりと飲む。それにあおられたように、アルベルトの舌は一層勢いを増してディアナの口内を蹂躙し始めた。

「んぅっ…、んく……！」

獣のように暴れ回る舌に息すら奪われて、初めてのキスに翻弄された。

キスはもっときれいなものだと思っていた。小鳥のように啄み、柔らかく唇を食み合わせ、蕩けるほど優しいものだと。

想像を裏切る生々しさに恐怖を感じている。ああ、なのに――！

おそろしいことに、ディアナの体は心の怯えを裏切り、官能を拾っていく。

一生経験することなどないと思っていたことを、会ったばかりの男性となんて。

唇を噛まれれば腰が震え、舌をきつく吸われれば体の中心に鋭い感覚が走った。

知らず脚の間がぬかるんでいくのを感じる。どうして？　こんなこと、いままで儀式の間しかなかったのに！

こんな自分の体は知らない。自分の反応がわからない。

かき乱される頭で、徐々に熱くなる自分の体を持て余し始めた。キスがこんなに官能をあおるものだったなんて知らなかった。

「ディアナ……」

キスの合間に、アルベルトが囁いた。

ディアナの下腹にきゅんとした疼(うず)きが生まれる。

アルベルトが浮かされたように呟く。

「醒(さ)めないでくれ……。このまま、夢のまま……」

濡れたディアナの唇を、アルベルトが啄む。愛しげに。泣きながら。

アルベルトは熱のせいで混乱している。夢を見ていると思っているようだ。

「ディアナ……。ディアナ……、ディア……」

何度も名を繰り返されるうちに、恐怖よりも慰撫(いぶ)の感情がディアナを支配していった。アルベルトは自分を蹂躙(じゅうりん)したいのではなく、逃げられたくないと思っているのだと感じた。

「ここにいます」

囁くと、アルベルトはびくりとして顔を上げた。手首の拘束が弛む。

泣き濡れるアルベルトの表情は、まるで幼子だ。こんなに顔をくしゃくしゃにして泣く男性を、ディアナは初めて見た。痛ましくて、見ている方が辛くなる。

「私はここにいますから……」

安心させたくてほほ笑んだ。

アルベルトは胸を衝かれたように瞠目したあと、がばっと上体を起こした。

「つつう……ッ！」

肘が崩れそうになるが、ぶるぶると震えるアルベルトは、ディアナに再び覆い被さってくることはなかった。

「だ、大丈夫ですか？」

いきなり起き上がったら相当背中が痛むだろう。アルベルトは歯をぎりぎりと食いしばって痛みに耐えている。

「す、すまない……、すまなかった……。こんな……、夢だと……」

アルベルトは可哀想になるくらい取り乱し、ベッドから下りようとした。

ディアナは慌ててそれを止める。

「待って。私が出ます。どうかもう動かないで。あなたはひどい熱が出て混乱してるのよ。とにかくいまは休んで傷を治すことを考えて」

動揺が収まらない様子のアルベルトを強引にベッドに寝かせ、隣の部屋から取ってきた毛布をかける。

その短い時間にもアルベルトの意識は混濁し始めているようだ。これだけ熱が高いのだから当たり前である。

背中の傷に障らないよううつぶせ、顔を横向けにして寝ているので、額を冷やすことはできない。ディアナは濡らしたタオルをアルベルトのうなじに載せた。

タオルの冷たさに、うすく目を開けたアルベルトがディアナを見る。縋るような視線に胸が痛む。目を開けているのが辛いのか、意識が落ちるようにまぶたが閉じる。

すぐに温くなってしまうタオルを水を張ったボウルでゆすぎ、しぼってまたうなじに載せる。繰り返すたび、アルベルトは目を開いた。そこにディアナがいるかを確認しているようだ。

「心配しないで。今夜はずっとここにいます」

言い聞かせるが、やはりアルベルトはタオルを載せるたびにディアナの存在を確認する。

一人にされるのが怖いのだろうと思った。不安でたまらないと、その目が物語っている。

自分よりずっと体の大きい逞しい男性にと妙な気持ちだが、こんなに人恋しがられると可愛らしい気さえする。

手を握っていてあげたいが、そうするとタオルをしぼれなくなってしまう。

ディアナはしばらく考えて、腰の下まである自分の長い髪を一旦解き、前に垂らして三つ編みにした。

「私の髪です。不安ならどうぞ握っていてくださいね」

ベッドの上に投げ出されていたアルベルトの手に自分の髪を握らせる。アルベルトは切なげに三つ編みを引き寄せると、髪の先に口づけた。

その仕草がとても愛おしげに見えて、どきん、とディアナの胸が鳴る。

(きっと声を出すのが億劫(おっくう)で、ありがとうって言葉の代わりのつもりなんだわ)

そう思ったが、高鳴る胸はなかなか落ち着いてくれなかった。

それ以降、タオルを代えてもアルベルトは目を覚ますことなく、深い眠りに落ちていった。

ずっとディアナの髪を握ったままで。


「来月の半ばにはまた戻ってくるわ。それまでアルベルトをよろしくね」

ディアナがそう言うと、ヒューは無言で頷いた。

アルベルトを森で見つけてから五日。

熱はやっと下がり始め、食べ物も少しは口にするようになり、あとは回復を待つばかりだ。

アルベルトはほとんどの時間を眠って過ごしている。今も別れの挨拶に行ってみたが、休んでいるようだったので声をかけずに出てきた。

心配なので本当はもう少し元気になるまで面倒をみたいけれど、どうしたって月一回の儀式には神殿に戻らねばならない。

都まで片道約十日。往復で二十日間。さらに儀式の日を含めれば、今回もだが、次に来るときも村には一週間程度しか滞在できない。

そもそも巫女はめったに里帰りをしない。家族の婚姻や葬儀のときくらいである。

ディアナが来月も故郷に戻ってくるのを神殿に認められているのは、ディアナが神の花嫁になればそれ以降の外出が一切禁じられるからだ。最後の儀式の前に、家族や友人との別れの時間が許されているのである。

ディアナの父が危篤に陥った時期がその前月でたまたま連続してしまい、二月続けて里帰りが可能になった。

本当は来月は来ないつもりだったが、アルベルトが気になる。間を開けることにはなるけれど、預けっぱなしで消えるより、もう一度様子を見られる方が安心だ。もちろんそれまでにアルベルトの怪我が治って、出ていきたければそれでも構わない。

問題はアルベルトの存在だった。見知らぬ人間が村の中をうろついていれば、村人は驚くだろう。自分が帰ってくるまで家から一歩も出ずにいてくれればいいが、体が回復したら外に出たくなるかもしれない。

ディアナは村人に、アルベルトは自分が連れてきた下働きの人間であると説明することにした。旅の途中で怪我をしたから来月自分が来るまでここで養生させて欲しいと。

戦闘用の服装や武器を携帯していなければ、奴隷の首輪だけなら、下男を装える。

それならば不自然でなくこの村に滞在できるし、アルベルトの姿を見られても不審に思われない。アルベルトが村人に迷惑をかけない限り、ただの余所者として扱ってくれるだろう。

村人はひと目で穢れた血とわかる男を置いていかれることに戸惑っていたが、他ならぬ神の花嫁のお願いならばと誰も異を唱えなかった。

世話はヒューに頼んだと言えば、村人は明らかに安心した様子だった。穢れた血というだけでなく、見知らぬ人間に近づくのは怖いのだろう。宿屋一つない小さな村だからそれも仕方がない。

アルベルトはまだ眠っている。起きてディアナがいなくなっていたらがっかりするだろうと思うと胸が痛む。彼はまるで、生まれて初めて見たものを親と思い込む雛のようだった。常にディアナの姿を探し、見つけるとホッとしている。

それでいて自分からディアナに話しかけることはせず、臆病に視線を逸らしてしまう。

そんなふうにされると、ディアナの記憶の奥底をなにかが刺激する。以前にも誰かにこんな態度をされたことがあったような……。

いつだったか、誰だったか。何度考えても思い出せない。

ディアナは後ろ髪を引かれる思いで、教会を後にした。村の中を歩いていくと、あちこちで村人が手を振り、ディアナに声をかけた。

村はずれでは、都までの道を護衛する騎士が待っていた。白い馬に跨がり、ディアナの乗る馬車を見守りながら同道してくれる。普通の巫女に護衛がつくことはない。自分は神の花嫁なのだと思わされる瞬間だった。

「すみません、道中よろしくお願いいたします」

ディアナが頭を下げると、騎士は胸に手を当てて返礼した。こんな、貴族のレディに対するような扱いは慣れない。でもこんなこともあとほんの少し、花嫁として神に迎えられるまでのこと。

＊＊＊

目覚めると、いつもディアナがいなくなっているのではと恐怖した。目を開けるのが怖かった。

変わらぬ笑顔がそこにあると、泣きたいほどの幸福に包まれる。

もう死んでしまいたい。いまなら幸せな気持ちのまま死ねる。いっそディアナが自分の心臓を突いて殺してくれたら。彼女の手にかかって命を絶たれることにこそ無上の喜びを感じるだろう。

そんな夢想をするたび、なぜか昂(たかぶ)ってしまう自分自身をおかしいと思う。彼女が自らの手でアルベルトを殺してくれるなんて幸運はありえないのだ。彼女の尊い手を汚す価値など自分にはない。自分は彼女のためならばいくらでもこの手を血に染められるけれど。

死にたいと願うのに、ディアナの顔を見るとやっぱり生きていてよかったと思う。側にいられるならずっと生きていたい。

彼女にとって自分はしょせん、幼い頃に数回会っただけの記憶にも残らない人間。ディアナが自分を覚えていないと知ったときはショックだったが、それも致し方ない。

それよりも、穢れた血の自分にも以前と変わらず優しくしてくれることに感動した。夢だと思ってあんな失礼なことをしてしまったにもかかわらず、ディアナはその後も献身的に面倒をみてくれる。

二度とあんなことはしない。彼女は怯えていた。ディアナを脅かすものは自分だって許せない。彼女は自分の女神なのだから。

八年も経って、自分も少しは大人になったと思っていたのに、あの頃と同じように目も合わせられないことに驚いた。いい歳をしてなんて滑稽なのだろう。

ディアナを見つけたいま、自分の残りの人生は彼女に捧げると誓う。そのためならなんでもする。でももし拒絶されたら……？　それくらいなら、いっそ……。

黒い思考に染まる前に、またディアナを見て安心しよう。ディアナ。俺の女神。どうか俺に笑いかけてくれ――――。


目を開けると、すでに部屋はうす暗くなっていた。

ディアナの姿が見えないと不安になる。ずっと側に張りついていてくれるはずはないとわかっているのに、それでも母を探す幼児のように心許なくなってしまう。

ベッドから出ると立ちくらみがした。よろめく足でディアナがいるであろうキッチンに向かう。

だがそこにも人気はなかった。夕刻になるというのに竈は冷え、料理をしている形跡もない。

胸騒ぎがして、ディアナの私室の扉をノックした。返事がないことに急激に焦りが募る。何度も叩いてみる。

「ディアナ……」

熱で掠れる声で名前を呼ぶが、やはり返事はない。

気が逸り、失礼とは思ったが扉を開けてみた。部屋には誰もいなかった。アルベルトはがたがたと震えだした。ぞわぞわと恐怖が背筋を上ってくる。

（どうしよう――）

しんと落ちる沈黙が、取り残されてしまったという感情を増幅する。もつれそうになる足取りで家中を探した。といってもキッチンの他は二つの私室兼寝室、小さな応接室、バスルームですべてだ。

（いない。ここにも、ここにも……！）

教会に立ち入るのは、穢れた血として許されることではない。だが躊躇いはなかった。住居部分からひと続きになった教会への内扉は鍵がかかっていた。初めて家の外に踏み出し、外を回って教会の正面入り口に向かう。ここは頑丈な錠前がついている。中に人がいないことは明らかだ。

足もとから真っ暗な穴に呑み込まれていく気持ちになった。全身から冷たい汗が流れ、心臓がばくばくと壊れそうに走っている。

どうしよう――――！

絶望的な気分に襲われ、その場にしゃがみ込んだ。寒くもないのに全身がぶるぶると震えた。

ディアナはどこにいる。帰ってくるのか。どこかへ出かけているだけだろうか。きっとそうに違いない。
――いや、捨てられたのだ。おまえが無礼な真似をしたから腹を立てて。
まさか。ディアナはそんな人間ではない。
――穢れた血が図々(ずうずう)しい。
彼女は差別なんかしない。
――それだっておまえのことなんかなんとも思ってはいない。
愛されたいなどと願っているわけではない！　ただ……ただ側に置いてくれれば……。
――……記憶にも残してもらえなかったくせに。
「……ぁぁぁああぁっ、ああぁぁぁあああぁぁぁぁぁっっっ…………っ！」
両耳を押さえて叫んだ。
頭の中で希望と絶望がせめぎ合い、アルベルトの心をちりぢりに引き裂く。
「ディアナ！　ディアナどこにいる、ディアナ……！」
おかしくなってしまいそうだった。また彼女を失うなんて耐えられない。
何度も名前を叫び、髪をかきむしった。
「アルベルト！」
誰かに手首を摑まれ、叫び続けていたアルベルトはハッと顔を上げた。
若い男が焦りを滲ませてアルベルトを覗き込んでいる。

「アルベルト、おれがわかるか？　ディアナと一緒にあんたを運んでやった。手当ても手伝った」

アルベルトは呆然と男を見上げた。

「気を失ってたからわからないか。ヒューだ。ディアナの幼なじみの。ディアナがいない間、あんたの世話を頼まれてる」

アルベルトには「ディアナがいない間」という言葉しか残らなかった。

「ディアナは……っ!?」

狼(おおかみ)が獲物に襲いかかるがごとく、ヒューに掴みかかる。

バランスを崩したヒューはよろけて尻もちをついた。アルベルトは殴りつけんばかりにヒューにのしかかり、胸ぐらを掴む。

「どこだ！　ディアナはどこに行った！」

「ちょ、ちょっと待てよ！　ディアナは戻ってくる！　落ち着け！」

ぎりぎりと首もとを絞め上げていたアルベルトの手が弛む。

「戻ってくる……？」

「そうだ。だから気を落ち着けろ。おれの上からどけ」

はっ、はっ、と短い息をつきながら、アルベルトは自身の胸を押さえてヒューを解放した。

心臓が壊れてしまったように不規則に打って痛い。

ヒューはひと息ついて立ち上がると、汚れたズボンの尻をぱんぱんと叩く。

「なんなんだよ、まったく。あんたディアナのなに？　こんな危なそうなやつだとわかってたら世話なんか引き受けるんじゃなかったかな」

呆れた口調だが、アルベルトを手招いて歩き始めた。

「来いよ。それだけ騒げるならもう自分で歩けるだろ。食事を持ってきた。食べながらディアナのことを話してやる」

ディアナの名前を聞き、アルベルトはふらふらと立ち上がった。


「やはりディアナは巫女なのか」

アルベルトが尋ねると、ヒューは口に放り込んだパンを咀嚼（そしやく）しながら頷いた。

「そ。月に一度の儀式のために都に帰ったんだよ。また来月の半ばにはここに来る。それまでせいぜい怪我を治せよ。……ほら、食わないと続き話してやらないぞ」

ヒューに促され、アルベルトはスープをひとさじすくった。

食欲などぜんぜんなかったが、ひと口食べるごとに一つ話をしてやると言われ、少しずつ口に運んだ。

自分は森でディアナに発見され、ヒューの助けでここに運ばれたこと。

ヒューは幼なじみで、ディアナが八年ぶりに村に戻ってきたので、こまごまとした雑用を引き受けていたこと。

ディアナがなぜこんな国境近くの村にいるのか不思議だった。てっきり都の神殿にいると思っていたのに。都ではなくとも、巫女ならばどこかの神殿にいるはずだ。だから、もしやもう巫女ではなくなったのかとすら思っていた。

そうならば自分はずっとディアナに傅(かしず)かせてもらいたいと……。

希望は打ち砕かれた。

巫女であるなら、神殿から出ること自体めったにない。地方の小さな神殿ならまだしも、都の巨大神殿では狙ってもなかなか会えるものではない。それでもアルベルトが自由でさえあれば、なにかの折にはちらりと顔を見る幸運くらいはあるだろう。

だがアルベルトは都に戻ればまた剣士として働かされ、館と戦場を往復するだけの日々に叩き込まれるのだ。この八年間と同様、影すら拝めぬことになる。

しかしあの状況なら、アルベルトは戦死したと思われていても不思議ではない。こっそりと館に戻ることができればあるいは……。

「ほら、手が止まってるぞ」

考え込んでいたアルベルトは、無意識にパンをちぎって口に入れた。ヒューは満足げに頷く。

「そうそう。おれがディアナにあんたの世話を頼まれた理由は、おれがあんたと同じだから」

ふと、顔を上げてヒューを見る。

ヒューは皮肉な笑みを唇に乗せていた。

「おれは村から出たことないから初めてだな、仲間と会うのは。おれはこの村で唯一の〝穢れた血〟だ。よろしくなアルベルト」

そんなふうに言われても、心に浮かぶのはディアナのことばかりだ。やはりディアナは素晴らしい人だ。誰をも差別することなく接している。

なんの感慨もなくヒューから視線を外した。ヒューはつまらなそうに舌打ちをし、食事を続ける。

いますぐにでもディアナを追いかけていきたい。馬を盗んだら追いつくだろう。だが追いついてどうする。この怪我ではなにもできない。

来月半ばにはまた戻ってくるという。それまでに体を癒さなければ。なにをするにもまず体力だ。役立たずの犬ではディアナに会わす顔がない。

「……あんたさ、剣士なんだろ。立派な剣持ってるもんな。なあ、都では穢れた血の奴隷でも出世できるのか。武勲を立てたら褒美がもらえるのか」

問われて、アルベルトは初めてヒューをまともに見た。

背が高く、細身だが力はありそうだ。よく日に焼けているのは、毎日農作業をしているからだろう。

しかしこの歳まで剣を持ったこともないとすれば、今から剣士を目指すのは無謀といえる。それなりの師範について指導を受けられるならまだしも、彼がもし軍に入るとしたら使い捨ての奴隷剣士、穢れた血だということを隠したとしてもせいぜい下級剣士だ。初めて剣を持って戦場に出て生き残れるほど、戦は甘くない。

文官にしてもしかり。明晰な頭脳でもって出世する奴隷もいるが、ほぼ天才と呼ばれる部類の人間に限る。ヒューの知識がいかほどのものかはわからないが、都のように競争相手がなく、情報も遅れがちな田舎の人間では難しいだろう。

「望めない」

期待を持たせるのは酷だと思い、短く否定する。

ヒューは明らかにムッとしてアルベルトを睨みつけた。

「じゃ、あんたはなに？　奴隷の首輪してるのにあんな剣持って。服だって汚れてたし破れてたけどいい生地だった。奴隷の持ち物じゃない」

アルベルトが穢れた血の王子だということは都では有名だ。漆黒の悪魔と呼ばれていることも。おそらく戦とは無縁といっていい、こののんびりとした田舎の村の人間だとて話に聞いた者もいるだろう。

だがそれが自分であるとまでは結びつかないと思う。わざわざ吹聴したいことでもない。

返事をしないアルベルトに、ヒューはふんと鼻で息をついた。

「あんたは特別ってわけか。天才剣士なんだろうな。おれも才能ある穢れた血に生まれたかったよ」

特別といえば特別だ。王家で唯一の穢れた血。王子でありながら奴隷に堕とされた兄妹間の姦淫の子。血に狂う狂戦士。戦場で数多（あまた）の敵を殺してきた死神。

そのせいで他の穢れた血にはない苦労もした。

ヒューが攻撃的な態度をとるのは、自分と同じ立場であるはずのアルベルトが優遇されているように見えるからだ。

いままで自分と他人を比べたことはない。不思議なことに、自分が穢れた血でなかったらと考えたこともなかった。生まれたときから自然なこととして受け入れていた。

だがいまヒューに妬むような発言をされて、初めて他人をうらやむ気持ちを持った。すなわち……。

「俺はおまえがうらやましい」

「は？」

ヒューは怪訝（けげん）な顔をした。

ディアナと幼なじみということは、長い時間を彼女と過ごしたということだ。そしていまだに信頼され、頼られている。

「ディアナの近くにいるおまえがうらやましい」

ヒューは毒気を抜かれたような顔をした。

「あ……、ああ。彼女はいい子だよな、本当に。村の男どもはみんなディアナに憧れてた。おれと仲がいいのが気に入らなくてずいぶん意地悪されたけど、そのたびディアナは食ってかかってた。特に血のことで馬鹿にされるとディアナは本気で怒って」

聞けば聞くほどディアナに心酔していく。彼女は幼い頃から高潔な魂を持っていたのだ。

「だからさ、喜ばなきゃいけないのはわかってるんだけど、おれとしてはかなり残念でさ」

続く言葉は、アルベルトの心臓を打ち抜いた。

「神の花嫁になったら、もう神殿から出られなくなるんだって。ディアナに会えるのは来月が最後なんだよな」

一瞬、本当に呼吸が止まった。

「ま、もともと巫女はあんまり里帰りなんかしないから、変わらないといえば変わらないけど、それでも会えなくなると思うと……」

ヒューは話を続けているが、アルベルトの耳はもうなんの音も拾っていなかった。

＊＊＊

湯殿で三人の巫女に傅かれ、隅々まで念入りに体を洗われる。

特に髪はもっとも時間をかけて。

ディアナは禊（みそぎ）が終わると、ふんだんに生花をあしらった真新しい巫女服をまとい、美しく髪を結い上げて地下聖堂へ向かった。

ディアナを先導するのはレリティエンヌ。儀式のときはいつも巫女長である彼女がつき添う。

地下聖堂に着くと、聖酒を満たした盃を渡される。黒々として見える深紅の液体を、躊躇いもせずに飲み干した。

もう十一回目の儀式である。手順は覚えている。

「あ……」

頭の芯がくらりと渦を巻く。飲んだ側から意識が朦朧（もうろう）とし、ずぶずぶと体が沈んでいく気がした。聖酒を飲むといつもなにも考えられなくなる。

盃を置き、ディアナはふらふらと祭壇へ向かう。

体が熱く火照る。霧（きり）の中を歩いてでもいるように空気がまとわりつき、ねっとりとした湿気が服の間から侵入する。

「は……、あ……」

一歩一歩進むごとに陰部が疼く。

硬く尖り始めた乳頭にドレスが擦れると強烈な刺激が湧き上がり、しゃがみ込みそうになった。

(だめ……、もう少しよ……)

すでに十回も経験している儀式への期待が、はしたなくもディアナの体を昂らせる。

ディアナの発情した匂いに気づいたように、祭壇の神樹が光を発した。霞んだ目に、なんと神々しく映ることか！

ほの白く発光する、絡まり合う無数の蔓。手招きするようにうねうねと幹を捩らせ、唸りを上げてディアナを誘う。

(美しい……なんて美しいの)

早くあの腕に抱かれたい……。神の手で体中を愛撫し、濡れそぼる中心から愛を注ぎ込んでもらいたい……。

祭壇の前まで来ると、ディアナは髪を結っていた紐を解いた。豊かな金の髪がふぁさりと広がる。神樹が「おおおぉぉぉ……」と悶えた。

巫女服を落とすと、成熟したディアナの裸身が晒される。床に散らばった花々が甘い芳香を放ち、ますますディアナをうっとりとさせた。

ふっくらと椀の形に盛り上がる乳房、ねじり上げたようなウエスト、豊かな丸みを持つ腰。真珠色の肌を隠すのは、その輝く髪のみ。

柔らかく波打つ髪で胸と脚のつけ根を隠し、ディアナは神樹に近づいた。

すでに意識は混沌としている。

目に映るのは神樹だけ。

――いま、行きます。

ディアナの目には、真白き輝きが両腕を広げて自分を迎え入れたように見えた。

樹はディアナを抱き寄せる。

細腰のくびれに蔓を回して引き寄せ、大蛇のような蔓をディアナの花唇の間に滑らせる。

「ああっ！」

ずずっ、ずずっ、と音を立て、蔓が前後する。

すでにぐず濡れのそこを愛液を塗り広げながら移動されると、先端の小さな肉芽がぷくりと尖った。執拗に往復され、ディアナは瞬く間に快感の嵐に叩き込まれた。

「あっ！　ああっああっ、あんっ、やぁぁあああぅ……っ！」

鋭い快感で覚醒しかけた意識は、間断なく続く責めにもみくちゃにされ、頭の中が真っ白になる。

細蔓が乳房のつけ根に巻きつき、きゅうきゅうと揉み上げる。腕といわず脚といわずからめとられ、様々なポーズを取らされた。神樹はまるでディアナの体の隅々を検分するように、片足を持ち上げたり体を返したりする。どんなに卑猥な格好をさせられようと抗う術はない。だがそんな羞恥心も、聖酒の効能によってどこかに吹き飛ばされてしまっている。聖酒には体を淫らに昂らせ、思考を奪ってしまう力があるようだ。

やがてディアナの周囲に、蔓の先端が集まり始めた。蔓の端はどれも亀の首のような膨みを持ち、わずかに切れ目が入っている。切れ目からは白い樹液がかすかに滲んでいた。

それが男根の形を模していることを、ディアナは知らない。

ディアナの心臓がとくとくと脈打つ。

蔓の先端を刺激してやると、樹は甘苦い樹液を吐き出す。その粘つく液体を飲み込み、体中にかけられ、内も外も愛で満たされる。

蔓の先端が二本、ディアナの小さな口に侵入した。ぬるりとした粘液をまとわりつかせた蔓が舌を圧迫し、唇をいっぱいに広げていく。

「んぅ……、ん……」

口内で好き勝手に動く蔓に舌を嬲られ、喉奥まで撫でられて意識が遠のく。

淡紅に色づき、腫れ上がった乳頭をくすぐられると腰が捩れた。

幾本もの蔓がディアナの髪を自身に巻きつけ、自ら愛撫を欲しがるように蠕動した。髪で自慰をしてでもいるかのように蔓が脈動する。いずれこの髪も聖なる樹液でべとべとにされるのだ。

丸まった体を尻を上にして持ち上げられ、大きく両脚を開かれたあられもない格好で、秘肉と後ろの花蕾に同時に蔓が潜り込んだ。

「ふうっ…！　くぅんっ……！」

二つの秘洞を、それぞれの蔓が押し広げながら奥まで進んでいく。それをされると小さな穴がきちきちに広げられ、いつも気が遠くなってしまう。

ぐちょ、ぐちゅん、と音を立てて膨れ上がった蔓が出入りするたび、頭の中に火花が散る。膣と腸の間の薄い壁を両側から互い違いにごりごりと擦られると、たまらず恍惚の涙を流した。

「ああああっ、ああっ、あー……っ」

その動きはディアナを狂わせる。口端からも蜜が垂れ零れた。口、膣、尻の三つ孔を同時に満たされ、さらに乳首や陰核の鋭い性感帯を蔓の先端でつつき捏ねられると、全身の皮膚が快感の粘膜になってしまったようだった。

いつの間にか両手にも蔓を握らされている。蔓たちは先端の膨らみをディアナの体中に押しつけ、ぬちゃぬちゃと樹液を擦りつけていく。

「あふ、あ、あああ……」

大小の男根に囲まれ、犯されている姿はおそろしく淫猥だった。それをレリティエンヌだけが笑みを浮かべて見ている。

神と巫女との交合は、夜が明けるまで続いた。

3

考えた。

考えて考えて考えて、考え抜いて決めた。

腹の底にどろりと溜まる黒い欲望は時間が経つにつれて増幅し、頭の中を満たした。彼女のためという大義名分と、自分の欲望とどちらが強いのだろう。なにが正しいかなど、もうわからない。

永遠に彼女を失うくらいなら――――。

＊＊＊

馬車で十日かけて、ディアナは故郷の村へ戻ってきた。

盛大にお祝いをしてくれるなんて言っていたけれど、ただでさえ貧しい村に負担をかけたくない。気持ちだけで充分だ。

騎士が馬で乗りつけたら目立ってしまう。前回来たとき、村の子どもたちが「本物の騎士さまだ！」と大はしゃぎして、騎士はなかなかその場を去ることができなかった。

なんといっても、国境警備とは名ばかりの、農民が畑仕事のついでに見回りを兼ねるような田舎である。

ディアナは村の入り口で馬車を降り、護衛の騎士に礼を言うと、また一週間後にと約束して歩き始めた。

村には宿泊施設がないので、騎士は隣町に投宿する。戦場からも離れた小さな村だから危険はないだろうと、自由にさせてくれるのがありがたい。

太陽がちょうど真上に位置している。農村は遠くに牛の姿が見えるだけで、時を止めたようにのんびりと緑の大地を晒していた。

ちょうど昼食の時間帯だから、みな家に帰っているのだろう。それでなくとも畑が多く、家同士の距離の広い村だ。途中誰にも会わずに教会までたどり着いた。

夏の気配が色濃く漂い、旅用のふくらはぎまでのワンピースの中が汗ばんだ。帽子で陽(ひ)を遮っているものの、風一つないので暑さはさほど和らがない。革の長靴も早く脱いでしまいたい。

アルベルトが心配だった。声もかけずに出てきてしまって、彼は落胆しなかったろうか。ヒューに説明してくれるようにお願いはしておいたけれど、手紙でも置いておくべきだったのではないかと思っていたのである。

農道から離れて、教会へ向かう細い道を上っていく。正面に見える教会の扉は閉ざされている。神官がいないのだから当然だが。

教会の横に回り、住居部分の玄関の前に立つ。

扉に手をかけたときに、アルベルトは中にいるだろうか、先にヒューに声をかけてくるべきだったかとちらりと思った。

鍵はかかっていなかった。

扉を開けて一歩踏み込むと、家の中は少しだけ外より涼しい。

ディアナは帽子を脱ぎ、声をかけた。

「ただいま。アルベルト、いますか？」

返事はない。

空気が流れている気配がないのは、家中の窓や扉が閉まっているからだろう。

コツコツと足音を立て、父の私室だった部屋へ向かう。アルベルトはそこで寝起きしていたから、いるとすればそこではないかと思った。もしや予想より怪我がひどく、伏せっているのかもしれないと心配になる。

ノックをしようとした瞬間、内側から扉が開いて驚いた。

現れたアルベルトの真剣な表情に息を呑む。頬が削げ落ちて見えた。どうしたというんだろう、やはり具合が悪いのだろうか。

「あの……、ただいま。怪我の加減はいかが……きゃっ！」

突然腕を摑まれ、部屋の中に引き込まれる。

あまりに強い力で引っ張られ、思わず床に倒れるほど体勢を崩した。

ぱたりと扉を閉じたアルベルトがディアナに向き直る。ディアナは床に横座りに手をついたままアルベルトを見上げた。

「なに……、どうしたのアルベルト。なにか怒っているの」

見上げるアルベルトの瞳が剣呑な光を宿している。

寒気を感じてディアナはぶるりと身を震わせた。

「神の花嫁になるというのは本当か」

低い声で問われ、ディアナの喉がこくりと鳴る。小さく頷くと、アルベルトの双眸がぎらりと光った。

「どんな儀式をしている。知っているのか、最後には花嫁は神樹に喰われることを」

カッと、ディアナの頰に朱が上った。

喰われるというのは愛し合う行為の比喩表現だろうか。神との愛の儀式を、そんな言葉で貶めるなんて。

「あなたには関係ないわ。私は神にすべてを捧げています」

ディアナの返答に、アルベルトの瞳の色がますます暗く沈む。

凶暴な空気がアルベルトの体から流れ落ちた。

「そうか……、覚悟のうえというわけか。だがそんなことは俺が許さない。それくらいなら、俺が……」

ぞくっと、背筋が震えた。

ディアナを床に押し倒したアルベルトが、獣のように襲いかかってくる。

「なにするの！　いやっ！　あっ、やめ…、いやぁ……っ！」

男の厚い体にやすやすと動きを奪われ、首もとを覆い隠す襟に手をかけられる。叫びが上がるのと、襟を大きく引き裂かれるのは同時だった。

首から胸までの服を合わせていたボタンがすべて弾け飛び、みずみずしい桃のような乳房が零れ出る。男の目に肌を晒したことに、強烈な羞恥が募った。

「や……っ！」

汗ばんだ手のひらが両乳房を下から掴み上げ、擦り合わせるように中心に寄せる。節のしっかりとした指で揉みしだきながらうすく色づいた頂を交互に吸われると、ディアナの喉から細い悲鳴が漏れた。

「いやぁ……、なんで……、こんなのいや、いや、アルベルト……！」

つんと刺さるような快感が怖い。

自由にされている手でディアナがいくらアルベルトの髪を掴もうが、肩を叩こうがビクともしない。強引に押しつけられる快感を受け入れるしかなかった。

胸の先端に与えられる刺激に、下腹部が淫らな潤みを帯び始める。

「やめ……、いや、いやなの……、こん、な、ああ……っ」

スカートの中に手を入れられ、下着の上から花弁の合わせ目をなぞられる。指の腹でしつこく擦られ、下着を通して湿り気が滲んでくるのを感じた。指が下着の隙間から潜り込んでくる。

「だめっ……！」

片方の乳房を鷲摑みしたまま、もう片方の手はディアナの秘所をくちゅくちゅと音を立てて弄っている。

指で硬くしこった乳頭を潰され、舌でしゃぶられ、スカートの中を同時に嬲られると、ディアナは快感のあまり啜り泣いた。

毎月神樹と儀式を行っていることで、ディアナの体はすっかり愛撫に感じやすくなってしまっている。

「あぅ……、あ、ああ、あ、あ、あ、……あん……」

どうしてこんなこと。

あれほどディアナの顔色を窺い、怯えてすらいたアルベルトになにが起こったのか。

こんなのは嫌だ。こんな……神以外の手に感じるなんて……。でも、でも、頭が霞む……。

「ディアナ……」

切なげな声で名を呼ばれると、なぜか胸の奥が疼く。

無理矢理ではあるが決して乱暴な手つきではなかった。

ディアナの下腹部を弄る指は複雑さを増し、包皮を押しのけて膨らみ始めた肉の芽を優しく撫でながら陰唇の中心を押し上げたかと思うと、二つの指で敏感な粒をきゅっきゅっとひねられる。

そうされるとディアナはあられもなく高い声を上げ、刺激に合わせてとろりとろりと蜜が滴った。金の髪を打ち振ってすぎる快感を訴える。

「そこ、いや……っ」

腰を捩らせれば、動きについてくるように大きな手のひらが移動した。

尻の丸みを確かめるように指を食い込まされ、汗ばんだ腿をさすりながら膝を外側に倒される。はしたなく大きく開かされた脚の間に男の体が押しつけられ、閉じられないよう固定された。

恥ずかしい格好をしている——。

聖酒を飲んだわけでもないのに肌の内側がもうもうと火照り、頭が熱くなってなにも考えられない。

「はぁ、あ、はぁ、っあ……」

アルベルトが伸び上がり、ディアナの首筋を吸う。

荒い息遣いが耳に吹きかかる。そのまま耳朶（みみたぶ）を下から上に舐め上げられ、肩を竦めた。男の汗の臭いがする。

「ディアナ……、ディアナ……」

吐く息にまぎれて、アルベルトは夢中で何度も名を呟く。

耳の後ろ、つけ根に舌を這わされ、ちゅっちゅっと啄まれる。顎を仰け反らせて逃げようとするも、アルベルトは犬のようにディアナの白い首を舐め回した。発情した犬に挑まれているような背徳感と恍惚がディアナをあおり立てる。

アルベルト自身の唾液で濡れた唇は、やがてディアナの柔らかな唇を覆う。

「ん……」

快感に打ち震え、もはや抵抗もできなくなったディアナの唇を舐め濡らし、アルベルトの舌先が歯列を割る。

太い舌が口腔を犯していくのを、霞む意識で受け入れた。

「喰われるくらいなら……、俺が……」

アルベルトの硬く張った下半身が、みだりがわしく開かれたディアナの中心に押しつけられる。剛棒の先端が下着越しに秘裂をぐっと押し上げたとき、熱い痛みにディアナはハッと意識を取り戻した。

（なにをしているの、私は!?）

驚きでとっさに口中のものを強く噛んでしまう。

「っ……！」

ガリッと音がして、アルベルトが思いきり顔を背ける。ディアナの口内を貪っていたアルベルトの舌がずるりと抜け出た。

口中に聖酒の味に酷似した渋みが広がっていく。

（どうしよう、噛んでしまった……！）

唇を片手で覆っていたアルベルトの指の間から鮮血が滴り落ちる。ひどく深く噛んでしまったのだ。もしや噛みちぎってしまった？

「ご、ごめんなさい、アルベルト……」

ディアナはうろたえてアルベルトを見る。

アルベルトは握った手の甲で口もとをぐいと拭った。引かれた血が、唇から真横に線を描いてアルベルトの顔を汚した。

アルベルトがきゅっと唇を引き結び、口中に溜まった血を嚥下する。

途端、アルベルトの眉がひそめられる。なにかに抗うように眉間に皺を寄せ、ぶるっと頭を振った。

辛そうに顔を歪めたまま、こくん、こくんと喉を鳴らす。アルベルトは顔をうつむけ、背を丸めて胴震いした。

「……アルベルト？」

やがてひそめられていた眉を解いたとき、アルベルトは口の端を吊り上げてにいっと笑った。血塗れの唇は紅を差した悪魔のようだった。

「アル……」

ぞくっと、ディアナの背に冷たいものが走る。

まだ血の滲む舌で唇をぺろりと舐めたとき、アルベルトは自分の血を味わっているのだと知れた。

アルベルトのまとう空気が先ほどまでとは明らかに違う。

「きゃあ！」

突如首筋に噛みつかれ、ディアナは悲鳴を上げた。

荒々しい手つきで服を剝かれ、上半身が露わになる。

「いや！　あっ！　痛いっ…、やめて！」

乳白色の肌に、薔薇のような真っ赤な噛み痕が散っていく。柔らかな乳房に、肩口に。憑かれたように興奮したアルベルトは、ディアナの肌を噛みちぎらんばかりに己のしるしをつけていく。

力ずくで体を裏返され、残る衣服もむしり取られた。

床に手をつき、尻を上げる格好で服を脱がされたディアナは、愛撫で濡れそぼった秘部をアルベルトに晒してしまっている。

羞恥で目眩がしそうだった。淫らな雌の匂いが自分でもはっきりとわかる。

アルベルトは獣のようにそこにむしゃぶりついた。

「きゃあっ！　ああっ、そんな…！　やめてアルベルト！」

双丘をがっしと摑まれ、尻を割り開くように両親指で左右に広げられる。むき出しにされた淫花の蜜を啜る蝶のように、長い舌を膣道に挿し込まれた。

ちゅっ、ちゅる…、ぴちゃ…、といやらしい水音が立ち、ディアナを耳からも犯す。

舌はずぽずぽと出入りしては、ときおり後蕾の方までいたずらに舐め上げる。そこを舌が通るたびにびくびくと白い尻が揺れた。

野蛮だ、と思った。

豊かな胸が床につくほど上半身を低くし、腰を高く上げさせられて人には見せない恥ずかしい部分を味わわれる。

まるでディアナを食べてしまいたがってでもいるように、逃げようとすれば柔らかな白い丘にも歯を立てられた。

それでも懸命に前に這えば、肩を摑まれ仰向けに返される。

「きゃあっ…！」

片方の膝裏をすくわれ大きく股を開かされて、秘裂がぱっくりと口を開ける。

赤く濡れ光るそこに、いつの間にか取り出されていたアルベルトのむき出しの雄がぴたりと当てられた。着衣のままそれだけがズボンの間から生えているのが、妙に生々しい。神樹とは比べものにならない熱を持った杭の先端でぬちゃぬちゃと襞を往復され、犯されてしまうのだと恐怖が背筋を這い上った。

「だめ……、だめです、アルベルト……、それだけは、そ、そこだけは……っ、いやっ、だめぇ……っ！」

ずぷ、と音を立てて、逞しく膨らんだ亀頭がディアナの中に潜り込む。

聖なる門を抜けられてしまえば、あとはやすやすと聖洞に侵入を許すのみだった。猛（たけ）り立ったものがひと息に最奥まで突き込まれる。

「きゃ、あぁぁぁぁ……――っ」

絹糸のように細くディアナの悲鳴が上がる。

神との交合では経験したことのない熱さを体の奥まで挿し込まれ、神を裏切ったと感じた。

アルベルトがぐっと上体を倒して前傾し、ディアナの唇を舐める。まだ血の味が残っていて、ディアナは顔を背けた。

「許して……、アルベルト……」

もうだめだと思いながら、最後の懇願を口にする。

自分でも気づかないうちに流していた涙を舐め取られ、ふと間近に迫ったアルベルトの顔

を見る。

びく、とディアナの体が揺れる。

笑っていた。

獲物を眺める愉悦に美しい顔を歪ませ、アルベルトは赤い舌を覗かせた。

あとはもう、覚えていなかった。

笑んだままの美しい悪魔のような男に貫かれ、何度も最奥を穿(うが)たれた。膣壁を往復する灼(しゃく)熱(ねつ)をしゃぶり尽くし、吐き出される白濁を体のいちばん深いところで受け止める。

嵐のような快感の濁流に呑み込まれて、いつしかディアナは意識を手放していた。

＊＊＊

馬車に揺られながら、アルベルトは腕の中で意識を失って眠る、蒼白(そうはく)なディアナの顔を見下ろした。

やっと手に入れたという至上の幸福感と、ひどいことをしてしまったという無類の罪悪感が胸の中でせめぎ合う。

誤算だった。

神樹の生贄にされるくらいならディアナを汚し、自分のものにして攫おうとは計画していた。だがよもや、血に狂う自分の性質が現れてしまうとは。

優しくするつもりだった。怯えられるのは仕方ないにしても、極力痛みを与えず可愛がりたいと。

それがどうだ。

結果的には怯えさせるどころか、ひどく乱暴に体を暴いてしまった。一度でよかったはずなのに、あまりの快楽に何度も精を吐き出し、ディアナが気を失っても貪り続けた。血に溺れた意識が正気に返るまで。

事後のディアナはまるで壊れた人形だった。

体中に痣と噛み痕を残し、ぐったりと四肢を投げ出す姿は一種卑猥な衝動を駆り立てた。

そんな歪んだ欲望とは別に、可哀想なことをしてしまったと思う。

汚したこと自体は後悔していない。

何度も考えたのだ。このままむざむざと神樹などにディアナを喰われてしまうくらいなら、自分が攫ってしまおうと。汚してしまえば巫女ではいられない。

しかしディアナは不本意だろう。どうせ汚されるにしても、こんな野蛮な穢れた血などではなく、きらびやかな貴族の男がよかったと思うに違いない。

けれど誰にも渡したくない。

嫌われようと、泣かれようと。

またディアナを失うくらいなら、憎まれてもいいから自分のものにしてしまいたかった。

「愛している……」

小さく呟き、ディアナの顔にかかった髪のひと筋をつまんで避け、額に口づけを落とした。

服はなんとか着せてやれた。けれど女の髪など結ったことのない自分は、行為の間に解けて広がってしまった髪をそのままにしておくことしかできなかった。

柔らかな髪が波打つ滝のようにディアナの全身に流れ落ちている。

なんという美しさ。恋した男の欲目でなく、ディアナほど美しい髪と顔を持つ女性はいないと思う。

自分など不釣り合いだとわかってはいるが、せめて少しでも快適に過ごしてもらえるよう、一生ディアナに尽くそう。罵(ののし)られても蔑まれても、誠意を持って彼女に仕えるのだ。

ディアナが目覚めたら汚物に向ける目で自分を見るだろう。そんな視線に傷つく前に、つかの間甘い夢想をしようと、アルベルトも目を閉じた。

＊＊＊

夢を見ていた。

小雪がちらつく中、私は息を切らせて早足で歩いている。

（これは、いつの夢？）

誰かに会いに行くのだ。私はそれをとても楽しみにしていて、自然と足が速くなる。

ううん、急がなければいけないんだけれど。だってお使いから帰るのがあまりに遅くなったら不自然に思われる。

こないだだって、すごく遅くなってたくさん叱られた。それは怖い人たちに襲われたせいなんだけれど、言ってはいけないことの気がして、誰にも言わなかった。

姉巫女は帰ってきた私を見て、すごく残念そうな顔をしたわ。どうしてかしら。そういえばあの姉巫女はいつの間にかいなくなってしまった。どこへ行ったんだろう。

でも帰宅時間とは別に、私はその人に会うのが嬉しくて楽しくて、少しでも長く会う時間を取りたくてほとんど駆け足になる。

ああ、すごく寒い。あの人が待ってる。こんなに寒いのに待たせたら申し訳ない。

あの人はきっと私より早く来て待ってる。ほら、髪にあんなに雪が絡んでる。とてもきれいな黒髪だから、白い雪が触れれば目立つんだわ。

彫像のように美しい少年の横顔に、しばし見惚れる。

黒い髪、黒い瞳、黒い服。

全身を黒で固めた少年の心は、透明に澄んでいるのが私にはわかる。

（あの少年は誰？　どこかで見たことがある。あれは……、あれは……？）

少年が私に気づいて、はにかんだ笑みを浮かべる。

私の心は嬉しさでいっぱいになる。いまならわかる。これはたぶん最初で最後の淡い恋心。

私は少年の名を呼ぶ。

「　　　　」


ギッとなにかが軋む音がして、背中が柔らかいものに触れる。

ディアナが目を開けると、完璧に整った美しい顔が自分を見下ろしていた。

一瞬夢と現実の区別がつかず、まだ夢を見ているのかと思った。

「……アルベルト」

なぜか声が掠れていて、喉が痛い。

アルベルトは気まずそうに顔を逸らし、ディアナの上から離れる。

自分がいまベッドに横たえられたのだと、ディアナはやっと気づいた。ここはどこだろう。

自分の家ではない。ましてや神殿でもない。

まだ夢の続きを見ているようで、ぼんやりとしたまま体を起こそうとした。途端、全身を
貫く痛みに驚いてもう一度ベッドに倒れ込んだ。

「あ……」

記憶が洪水のようによみがえる。

豹変(ひょうへん)したアルベルト。獣のようにディアナに襲いかかり、全身に噛みついた。血と汗と精の臭い――。

すうと血の気が下がり、おそるおそるベッドの足もとに佇むアルベルトに視線を向けた。

アルベルトは表情を消したままディアナを見ている。

カタカタと全身が震える。自分自身の体を両腕で抱いた。自分は巫女ではなくなってしまった！

「どうして……アルベルト！」

裏切られた。

怪我人を助けるのは当たり前だと思った。

わけありそうだとは思ったが、力になりたいと思っていたのに。よもやこんな形で返されるとは！

「なんでこんなこと！　こ、ここはどこなの！　私をどうするの!?」

知らず声が大きくなった。

奴隷として売られ、慰み者になる自分を想像して恐怖したからだ。

アルベルトは静かな声で言った。

「一緒に来てもらう。神殿には帰さない」

勝手な言いぐさに怒りで全身が熱くなった。それではなんの説明にもなっていない。

「嫌です、帰してください！　あなたとはいられません！」

アルベルトはなにも返さずにただディアナを見ている。

答えは変わらないとでも言いたげな態度に、一層腹が立った。

痛みも忘れてベッドから立ち上がる。アルベルトを通り過ぎて部屋を出ていこうとしたが、手首を掴まれてぎょっとする。

さっきあんなことをされたのだ。体が勝手に怯えてしまう。

「離して！　帰してください！」

振り解きたくて身を捩った。だが力強い男の体はびくともしない。

「離してったら！」

暴れるディアナを、アルベルトは胸に引き寄せた。

硬い胸板にぶつかるように抱きしめられ、ディアナの身が竦む。アルベルトの高い体温が怖い。

直接耳に吹き込まれるような距離で、低い声が囁いた。

「暴れるな。手荒なことをしたくない」

それだけで充分だった。ディアナの心は恐怖に縮み、抵抗への気力は失敗したスフレのように萎んでしまった。

アルベルトはディアナを解放すると、できるだけ距離を取った場所に立った。ディアナも慌ててアルベルトからいちばん遠い窓際まで走る。

「食事を頼むか」

問われて窓をちらりと見ると、すでに外は真っ暗だった。

あらためて気づいてみれば、ここは宿屋らしい。小さな部屋に、ベッドとカウチと丸い小テーブルがある。

「いらないわ」

ショックでいまは空腹を感じていない。

「ではもう少し眠るといい」

そんなことを言われても、さっきあんなことをした人の前でベッドに横になるなんて怖くてできない。

ディアナの心を見透かしたように、アルベルトはカウチからクッションを取ってくると、扉の前に置いて座った。

ディアナを安心させるためと、逃亡を防止するためもあるのだろう。

どちらにしろ、いまは逃げることはできなそうだ。

いずれ隙を見て逃げ出す機会を探らなくては、と思いながら、ディアナは仕方なくベッドに潜り込んだ。

しばらくすると、小さな声で「すまない」と言うアルベルトの声が聞こえたが、返事はしなかった。


旅は十日ほど続いた。

ディアナは都からやってきてまたすぐ馬車に乗せられているのだから、疲れることこのうえない。

しかも狭い場所で二人きり。

乗り心地は最悪だったが、それでも気になることはぽつぽつと尋ねた。

なにを置いても、怪我はどうなのか。あんなことをされたくせに自分でも馬鹿みたいだとは思うが、やはり気になる。

尋ねるとアルベルトはまず驚いた顔をし、それからまぶしそうに目を細めた。

嬉しそうな態度に据わり心地の悪い心持ちがして、

「大丈夫だ。ありがとう」

と言われたのに、

「私にあんなことができるくらいですものね」

つい憎まれ口で返してしまった。

どうやって旅のための金を調達したのかについては、隣町まで出て剣を売ったのだという。

あれだけの剣だ。高値で売れただろう。

これからどこへ行くのかという質問については、

「俺の家だ」

としか返されなかった。

それはどこなのか、ディアナをどうするつもりなのかということについては、口を噤んだままだった。

外が見えないよう、移動中の馬車の窓には布がかけられた。

それでなくともあまり外出したことのないディアナには、馬車がどちら方面に向かっているのかさっぱりわからない。

自分がいなくなって、きっと護衛役の騎士は大慌てしているだろう。そのことが本当に申し訳ない。彼に罰が与えられなければいいがと心配になる。

いまごろは神殿にも連絡が行っているだろうか。

いや、あのとき一週間後にと騎士に約束して別れたから、まだ都までは連絡が届いていないと思っていい。村で先にヒューの家に寄ってこなかったことが悔やまれる。

ディアナの姿が見えなければ心配して騎士に伝えてもくれただろうが、そもそも到着を知らないのでは出足が遅くなるのは仕方ない。

考えても詮ないことと、ディアナは頭を振った。

どちらにしろ捜索は難しい。村から町までは一本道だが、町からはいくつかの方面へ道が分かれている。国境付近の町なので、隣国へ続く道もあるのだ。

隙を見て逃げるしかないと思っていたが、アルベルトにはそういうものがまったくなかった。

当然だろう、彼は兵士だ。注意力も体力もディアナとは雲泥の差である。

そうこうしているうちに、アルベルトの家とやらに着いてしまったらしい。

馬車を降りる前に目隠しをさせられた。嫌だったけれど、断って当て身を食らって気絶させられるよりはマシと、おとなしく目隠しをした。

夜なのに念入りなことだと、逆に感心する。

「あっ？」

手を引いて歩かれるのかと思ったら、抱き上げられて驚いた。

「少し歩く。摑まれ」

そう言われて、おずおずとアルベルトの首に手を回した。目が見えないぶん不安定で、抱き上げられていても怖かったのだ。

自分の手がアルベルトの首輪に触れてドキッとした。

奴隷から出世するのは並大抵のことではない。きっとディアナには想像もできないほど苦労しただろうと思うと、反発する気持ちがほんの少しうすれてしまう。

しっかりと抱かれると力強さに安心する。少なくとも、腕力が足りなくて途中で落とされるのではという不安はない。

アルベルトの体温を感じ、首もとの匂いを吸い込む。まだ完全に信用したわけではないが、それほど怯えてもいない。

あれ以来乱暴をされることはなかった。同じ部屋にいるのにベッドはディアナに使わせ、自分は出入り口付近の床に背をもたせかけて眠る。彼がその気になればいつでもディアナを手籠めにできたのにそうしなかったのだ。

なにを考えているのかわからなくて怖い人だけれど、どこかで憎みきれない自分もいる。なにか理由があるのかも、と生来人を信じやすい自分は思ってしまう。

二十分ほども歩いたろうか。

やがてアルベルトは足を止め、コツと小さな音がしたかと思うと、扉が開く気配がした。誰かが迎えたようだ。

そこまで来てやっと、馬車を家の前に乗りつけず離れたところに置いたのは、人目を忍んでいたのだと気づいた。

（私のばか！　大きな声を出したら誰か来てくれたかもしれないのに！）

いまさらだった。自分の注意力のなさに呆れる。

すでに建物の中に入ったらしい。階段を上り、再び扉が開くと、やっとディアナは床に下ろされた。

足もとは絨毯が敷いてあるらしく、ふかふかしている。

目隠しを取られると、どこかの館の一室らしかった。

蠟燭で光源を取った部屋は明るすぎず、落ち着いていた。寝心地のよさそうなベッドとカウチ、テーブルと飾り棚、壁にはクローゼットが作りつけられており、一般的な私室のようだった。

アルベルトの隣に、利発そうな瞳をした少年が立っている。扉を開けてくれたのはこの少年だろう。顔はこちらに向けているが、視線はうつむき加減だ。

「マルコという。用事があったら彼に言いつけろ」

アルベルトが短く紹介すると、マルコは静かに頭を下げた。茶色い髪と同色の瞳をしている。

特段笑顔もないが、無愛想というのでもない。無表情なところはアルベルトに似ているかもしれない。

それだけでアルベルトは部屋を出ていってしまった。正直、長時間狭い空間にずっと一緒にいて息が詰まりそうだったので、ホッとした。

マルコは姿勢を崩さずに脚の前で手を組んで、おとなしく控えている。

「あの……、マルコ？」

「はい、ディアナさま」

名乗ったわけではないのにディアナの名前を知っているのだ。あらかじめアルベルトから聞いていたのだろうか。だがいつの間に。

「ここは、どこなんですか」

「アルベルトさまはなんとおっしゃっていましたか」

質問に質問で返され、面食らった。

「アルベルトの家だと」

「では、そうです」

「私が聞きたいのは、ここが国のどこかということで……」

「アルベルトさまがおっしゃらないことは、ぼくの口からは言えません」

慎重な子だ、と思った。

十五くらいだろうか。整ったきれいな顔をしている。

落ち着いた表情をし、人に不安も警戒心も抱かせない雰囲気がある。ディアナも側にいられても迷惑な気持ちにはならなかった。

アルベルトの家ということは、王国内の可能性が高い。占領した国から没収した城や館を褒賞として兵士に与えることはあるけれど、アルベルトのような奴隷兵士は軍の監視下に置かれるため、あまり遠くに住まわせないのが常だ。

とすると都、もしくは王国内の大きな町の近く。

そう推測した。

「ぼくはアルベルトさまのお言いつけにより、ディアナさまの隣の部屋に控えさせていただきます。ご用があればお申しつけください」

作りからいって、本来ならこの部屋の隣は書斎になっているはずだ。そこに控えるのだろう。見張りも兼ねているのかもしれない。

「この館の中にならどこでも行ってくださって構いません。ですが、くれぐれも外にはお出にならないようお願いいたします」

はい、などと軽々しく返事ができたものではない。そんな約束はできない。隙あらば逃げ出そうと思っているのだから。

返事をしないディアナに、マルコは淡々と信じられないことを口にした。

「もしもディアナさまに逃げられれば、ぼくはアルベルトさまに殺されます。どうかぼくを見捨てないでください」

あまりの驚きにマルコを凝視した。

マルコは表情一つ変えず、それが嘘か本当か判断がつかない。

ただ、もしかして自分が逃げたらこの子は……と思うと、ディアナに充分な抑止力が働くのはたしかだった。

真実はどうあれ、それでディアナには逃げるという選択肢がなくなったのである。おそらくアルベルトにそう言えと命令されているのだろう。この子がそんなことを思いついて勝手に言うとは思えない。

（卑怯だわ）

ディアナの中に、アルベルトに対する怒りがふつふつと湧き上がった。

こんな子どもを人質に取るなんて。

「どうか、この館からは出ないとお約束ください、ディアナさま」

静かな、しかししっかりと責任を感じさせる重みを乗せた声で再び約束を求められ、ディアナは渋々首を縦に振った。

「わかったわ」

「ありがとうございます。ぼくの命はあなたさまにかかっています」

かすかに頭を下げて礼を言われ、さらにディアナの心に刻むように繰り返されて、頭のいい子だと感心すると共に、アルベルトに対してひどく腹が立った。

（汚い男！）

いままでも怒りはしていたが、軽蔑の念が浮かんだのはこれが初めてだった。

人に冷たくすることに慣れていないディアナだったが、アルベルトにならそうなってしまうだろうと思った。


目覚めると、ディアナは着替えのためにクローゼットを開いた。

昨晩は疲れもあり、マルコに勧められるまま風呂に入って、旅の垢(あか)を落として眠ってしまったのである。

あらためてクローゼットに並べられた服を見て、ディアナは戸惑った。

どれも普段着とは思えないような豪奢なドレスばかりである。まるで貴族の令嬢のようだ。

長い間神殿では純白の巫女服しか着ていなかったため、色の洪水のようなきらびやかなドレスには気後(きおく)れする。

自分なんかがこんなドレスを着たら、服に負けてしまうのではないか。

服に着られてしまってみっともないだろうと想像して恥ずかしくなりながらも、寝間着のままでいるわけにはいかないと、仕方なくいちばん落ち着いて見える水色のドレスを手に取った。

キュッとウエストがしぼり上げられ、腰から下はふんわりと広がるドレスのラインは、気恥ずかしいほど女性らしかった。胸に金糸の刺繍があり、豊かな胸のラインを強調しているように思える。袖もひらひらと長く垂れ、動きやすさなどちっとも考えられていない。ただただ着飾るためのドレスなのだ。

鏡に映る自分を見て赤面した。

(似合わないわ、こんな素敵なドレス)

慣れないドレスでぎこちなく歩き、鏡の前で髪を結った。

ディアナが起きた気配に気づいたのだろう。隣から扉をノックされる。

「どうぞ」

「おはようございます、ディアナさま。お茶をお持ちしま……」

モーニングティーセットを載せたトレーを手にしたマルコが、ディアナを見てぴたりと動きを止める。

ディアナは真っ赤になった。

(嫌だ、ちっとも似合わないから呆れられたんだわ。どうしよう、恥ずかしい)

泣きたくなってしまった。好きで似合わないドレスを着ているわけじゃないのに。

「あまり見ないで……」

赤面しながら呟くと、マルコはハッとして視線を下に落とした。

「失礼いたしました。あまりに素敵だったので……」

「え」

マルコは頬にかすかに朱を乗せて、お茶の準備を始める。

馬鹿にしているとか、お世辞で取り繕ったという表情ではない。あまり感情を表さないようだと思っていたマルコがそんな反応をするのだから、信じていいのかもしれない。

照れてしまったが、ホッと胸を撫で下ろした。

花の香りをつけたお茶を飲んでいると、マルコは大きなフラワーベースを抱えてきた。豪華な薔薇が見事に広がって挿し入れられており、室内を甘い香りで満たした。

「まあ、すごい薔薇」

「アルベルトさまからの贈り物です」

名前を聞いてどきりとした。

花を贈るなんて、貴婦人か恋人に対するようだ。

でもそんなことでほだされはしないと、ディアナは薔薇から目を逸らした。花に罪はないけれど、視界に入れたくない。

ふと、心になにかがよぎる。

自分は以前にも誰かに薔薇をもらわなかったか？

記憶を探ってみるが、靄がかかったように思い出せない。

結局、神殿の飾りで見たのをなにかと混同しているのだろうと自分を納得させた。

「おかわりはいかがですか」

「ありがとう、もういいわ」

マルコは静かにカップを下げると、トレーを持って出ていった。すぐに戻ってきたことから、書斎の外に別の使用人が待機していたらしい。ディアナから目を離さないためだろうか。

親切にしてもらっても、やはり監禁されているのだと思うと気が重くなった。

じっとしていると、芳醇（ほうじゅん）な薔薇の香りが脳にまで沁（し）みていく気がする。なにか気を紛らわせないと、薔薇のせいでうっかりアルベルトのことを考えそうになってしまう。

マルコは一緒にいて気づまりでこそないものの、話し相手としては適任とは思い難い。せめて女の子だったら、もう少し会話の糸口がありそうなものだが。

なにか話題はないかと考え、

「マルコは家に帰らなくていいの？」

なんの気なしに聞いてみた。マルコは淡々とした口調で返事をする。

「ぼくは〝穢れた血〟です。捨て子でしたので両親はいません。奴隷として売られていたのを二年前アルベルトさまに買われました」

どきんとした。

そういえばマルコはあまり視線を合わせようとしない。穢れた血として迫害されてきて、自然と人と目を合わせなくなったのだろう。

　まだ年若い少年にそんなくせがついていることに心が痛んだ。

「ディアナさまにはご不快だと思いますが、どうぞご辛抱ください」

　頭を下げられ、胸苦しくなった。

「やめてマルコ。そんなことないわ。あなたは賢くてよく気のつく有能な人よ。自分を卑下する言い方はしないで」

　マルコは頭を上げると、初めて少しだけ笑みを見せた。

　歳相応の少年らしい表情になって、人形のようだったマルコが急速に人間らしさを帯びたように見えた。

「アルベルトさまのお話に聞いていた通りですね。ディアナさまはお優しい」

　アルベルトが自分のことを話していたなんて。

　優しいと言われ、温かな目で見られて動揺した。

「あらかじめお伝えしておきます。この館には穢れた血しかいません。アルベルトさまが館を構えられた際に奴隷から買い上げた使用人ばかりです。よくしてくださって、みんなアルベルトさまをお慕いしています」

　アルベルト自身が非嫡出子なので、館に仲間を集めるのは不自然ではない。むしろそれ以外の人間は働きたがらないだろうとも思う。

そのぶん結束は固いはずだ。マルコの口調からも、アルベルトへの敬愛が感じられる。ディアナにとっては乱暴で無礼な男でも、彼らにとってはいい主人なのだろう。

「館の中をご覧になりますか」

このまま部屋にいても時間が長く感じてしまいそうだ。

頷くと、マルコと連れ立って部屋を出る。

ディアナのいる部屋は二階で、他にはいくつか似たような部屋と談話室、アルベルトの私室があるとのことだった。

アルベルトの部屋のずいぶん手前で足を止めたディアナに、マルコは安心させるように言った。

「アルベルトさまは外出中です」

彼の存在を意識してしまう心を悟られたようなのが嫌で、ディアナは気丈に顎を上げた。

「平気です」

階下に下りると、応接室やダイニング、ダンスルームなどがあった。館自体は凹形をしており、中庭を挟んで使用人の居住スペースがあるという。

全体的に装飾は少なく、ダンスルームなどは使っている形跡もなかった。

「客人がいらっしゃることはほぼありませんので」

マルコの説明に納得した。

奴隷出身の剣士とつき合いたがる貴族はいない。同じ立場の兵士たちは、いつ自分が蹴落とされるかと恐々とし、他の奴隷兵士とはつき合いたがらないのが普通である。アルベルトは軍にいても孤独なのだな、と切なく感じた。

ディアナが興味を引かれたのは読書室だ。

天井まで届く高い本棚が壁一面を埋め尽くし、ぎっしりと本が並んでいる。

「わあ。読んでもいいのかしら」

「もちろん、お好きにどうぞ」

読書は大好きである。

ディアナは早速一冊の物語を選んで取り出すと、ソファにかけて読み始めた。

神殿ではほとんど国教に関する書物しかなく、物語は久しぶりだ。純粋にわくわくする。

時間も忘れて夢中で読んでいると、やがてマルコが控えめに声をかけた。

「読書のお邪魔をして申し訳ありません。そろそろ食事をお取りになりませんか」

時計を見ると、昼をだいぶ回ってしまっている。気づけば、腹の虫が空腹を訴えていた。

(いけない。私が動かないと、私についているマルコもお昼が食べられないんだわ。これからは気をつけないと)

ディアナは慌てて立ち上がる。

「ごめんなさいね、気がつかなくて」

「いいえ、そういうことでは。ただ時間をお忘れのようでしたので、念のため声をおかけしただけです。差し出がましく申し訳ありません。もし食事より読書を続けられたいときはそうおっしゃってくださって構いません」

あくまでディアナ中心であると伝えられ、慣れなくてむずむずする。これでは甘やかされている貴族の姫君の扱いだ。

神殿ではいつも時間通り、規則正しく行動することになっている。八年間もそういう生活を続けたディアナは、突然の変化に戸惑った。

昼食も広いダイニングで一人きり。とても一人分とは思えない豪勢な料理が並び、料理を取り分ける係と、飲み物を用意する係の二人が脇につく。こんな料理は、祭りのときくらいしか見たことがない。

食事のときに酒は飲まないとワインを断ると、果物をしぼったフレッシュジュースが用意された。目の前で大きな肉が切り分けられ、蒸した野菜を添えて皿に盛られる。

「ありがとうございます」

礼を言って少しずつ口に運ぶが、一人ぼっちで会話もない、二人の人間に傅かれての食事は気づまりだった。せっかくのごちそうも味気ない。

飲み物係の青年に、

「マルコは？」

と尋ねてみる。

「キッチンで食事を取っております」

「一緒に食事をしてくれるようにお願いできないかしら。一人では寂しくて」

青年は眉をひそめた。

「使用人が主人と食事をご一緒することはありません」

貴族ならそうだろうが、ディアナは庶民の出だ。神殿でも巫女は一か所に集まって大勢で食事をした。

食事の最中に会話をすることはなかったけれど、他の人の姿がないだけでこんなに寂しいものだとは知らなかったのだ。

それに館の主人はアルベルトであって、自分は攫われてここにいるにすぎない。

「どうしてもだめですか」

重ねて懇願すると、使用人たちは目を見交わした。

一人がキッチンへ戻っていき、ややあってマルコが現れた。

「退屈な食事をさせてしまって申し訳ありません。楽隊や道化のご用意ができず心苦しいのですが、なにとぞご容赦願えませんでしょうか」

ディアナは驚いて否定した。

「そんなことを言ってるんじゃないわ。誤解をさせたのならごめんなさい。ただ、いつも大勢で食事をしてたから、どうしてもこんな広いところに一人では落ち着かなくて」

だからマルコも一緒に食事をして欲しいと言うと、マルコは困った顔をした。

歳下の少年にそんな顔をさせていると思うと、自分がとんでもないわがまま娘のような気がする。

「わかりました。では、ぼくの食事をこちらへ運んでまいります」

運ばれてきたマルコの食事を見て、彼が困った顔をした理由がわかった。

パンと野菜とスープだけの、トレー一つで済んでしまう簡素なメニューだったのだ。ディアナのメニューとは釣り合いが取れない。だがむしろディアナにはそちらの方が馴染みがある。

「マルコは私と同じものを食べないの？」

「それは主人や客人用の料理です。残れば使用人の口に入ることもありますが」

アルベルトが不在なのだから、これは全部ディアナのための料理ということになる。残れば使用人の口に入るならば、最初から取り分けてしまえば美味しいうちにみんなで食べられるではないか。

そう思って提案した。

「だったら、みんなで食事をしましょうよ。まだお昼を食べていない人もいるんじゃない？せっかくこんな素敵なごちそうなんだもの。みんなで食べた方が美味しいに決まってるわ」

ね？　と首を傾けて同意を求めるディアナに、三人はあぜんと口を開いた。

どうしてだろう、と考えて、一つの可能性に気づく。

「あ、そうね。ダイニングは主人とお客さまのためのものよね。私がキッチンへ行くわ。そこでみんなでいただきましょう？」

それで問題はないと思った。

マルコは呆然としながら、躊躇うように言う。

「……ぼくたちは使用人ですよ。それ以前に、穢れた血です。ディアナさまのような方と食事をご一緒するなんて……」

「まあ。さっきも言ったでしょう。そんな言い方はしないで。みんな同じ人間だわ。それに私はお姫さまでもなんでもないのよ。他家の使用人と食事をしてなにが悪いの」

マルコは愛らしい唇を半開きにしてディアナを見た。

料理係の青年はまぶしげに目を細めている。飲み物係の青年に至っては、ぐずぐずと鼻を啜りだした。

「お願い、みんなで食べたいのよ」

これで断られたらさすがに引き下がろうと、最後のお願いをする。困らせるのは本意ではないのだ。

だがマルコはやっと笑顔で頷いてくれた。

「ありがとうございます、ディアナさま。みんな喜ぶと思います」

嬉しくて、ディアナも破顔した。

キッチンに食事を運び、他の使用人を呼びに行って食事が始まった。すでに昼食を済ませていた者も、お相伴にあずかり少し料理をつまむ。

最初はこわごわといったふうだった使用人たちは、食事が進むにつれ笑顔と会話が増えていく。

マルコの昼食ももったいないので、分けて食べた。

「明日からは、私の食事もみんなと同じにしてもらえるかしら。あまり豪華なお料理は食べ慣れていないの」

でももしこういう料理を作らないとアルベルトに叱られてしまうというなら、またみんなで分けましょうと言うと、使用人はワッと盛り上がった。

みんな目をキラキラさせてディアナを見ている。

庭師だという二人は奴隷兵士の首輪をしていた。

「おれたちゃ戦争で怪我をして死ぬとこだったんですよ。アルベルトさまに助けられて」

「もう軍じゃ使いものにならない、怪我がひどくてのたれ死ぬしかなかったおれたちを、アルベルトさまは拾ってくだすったんです」

見ると、一人は片足が義足、一人は片腕の肘から下がなかった。

「アルベルトさまは狂戦士っていって、戦場じゃ血に狂って敵味方関係なくぶった斬っちまうからおいそれと近づけませんがね、普段はそりゃあ優しいお人です」

「狂戦士？」

聞き慣れない言葉を、執事兼管理人だという片目を失って眼帯をしている老人が説明してくれた。

「血の臭いや味で興奮し、理性を飛ばしてしまう性質の戦士がいるのです。特にアルベルトさまの場合は、血の味を感じてしまうと危険です。本能に従って動くので、戦場では敵と味方の区別がつかなくなるんですな。狂戦士は通常は単身で斬り込ませ、少し離れた場所から援護します。不用意に近づくと攻撃されてしまいますから」

自分を襲ったときのアルベルトを思い出す。

ディアナが舌を噛んでしまってから、アルベルトはおかしかった。獣のようだった。あれは血に狂っていたのか。

それで許せるわけではないけれど、自分でも持て余しているだろう性質を持つアルベルトに、同情の念が湧いた。

それからもアルベルトがいかに強いか、口数は少ないがどれほど親切かを、使用人たちはこぞってディアナに聞かせたがった。自分たちの主人を自慢できる機会を逃すまいとするかのように。

管理人は片目を失って眼帯をしていたし、他の使用人も目に見える怪我以外のハンデがあるらしかった。穢れた血の中でも、特に生活に困窮している人間を優先的に雇ったのだろう。優しい人なのだと思うとやはり憎めない。

自分の知っている非嫡出子の人々はいつも下を向き、申し訳なさそうに道の端を歩いていた。神殿の下働きに至っては、その姿が見えないよう常に気をつかい、汚れた仕事ばかりを押しつけられている。それでいて神殿に立ち入ることは許されず、裏のごみ置き場で寝泊まりして仕事をするのだ。

生まれたときから国教の信徒で盲目的に信仰してきたけれど、どうしてもこの差別意識だけは馴染めない。

にぎやかに食事は終了し、ディアナはマルコを伴って部屋に戻った。ソファにかけて、ため息をつく。

「アルベルトは慕われているのね」

「みんな、ディアナさまにアルベルトさまを好きになってもらいたいと思ってるんですよ」

マルコの返事に、ディアナはパッと赤くなった。

別に婚約者として連れてこられたわけじゃない。自分は強引に攫われてここにいるのだ。力ずくで自分を犯し、閉じ込めて逃げられないよう、小間使いの少年の命まで楯に取るひどい男。

弱者に手を差し伸べ、使用人に慕われる優しい男。

どっちが本当のアルベルトなんだろう。自分に見せているのは裏の顔なんだろうか。

出会ったときからなぜか自分を恋い慕う態度を見せるアルベルトは、幼子のような頼りなさもディアナに見せていた。

そんな面を見せるのはもしかしたら自分にだけかもしれないと思うと、もっとアルベルトについて知りたくなってしまう。そんな自分に戸惑い、ふるっと首を振った。

自分の考えを振り切るように話題を変える。

「食事、すごく楽しかったわ。やっぱりみんなも美味しいごちそうを前にすると嬉しくなるのかしら」

マルコは目を細めて笑う。

「ごちそうを食べられたということより、人間扱いしてくれたことが嬉しいんです」

そう言われて、あらためて非嫡出子の現状は厳しいのだとディアナは思った。

いつか穢れた血などと差別されない世の中が来るといいと、切実に願った。

＊＊＊

深夜を過ぎてから帰館したアルベルトは、人目につかないよう灯りも持たずに館の裏口から入った。

自分は戦争から戻ってきていないことになっている。軍には戦死と認識されているはずだ。

だが油断は禁物である。姿を見られるのはまずい。

昨晩も馬車を離れた場所に停め、ディアナを抱いて歩いてきた。

自分の部屋に戻ると、マルコを呼び出す。

「ディアナの様子はどうだ」

「もう休んでおられます。日中はほとんど読書をして過ごされました。本がお好きなようですね」

ディアナに教典を読み聞かせてもらった日々を思い出す。

アルベルトの胸に、ほんのりと温かいものが広がった。

「そうか。欲しい本があったら聞いておいてくれ。取り寄せよう」

「かしこまりました。それと……」

昼食時の話を聞いて、アルベルトは声を出して笑った。

「そうか、ディアナはそんなことを。みんなさぞ面食らっただろうな」

「はい。驚いて……そしてみんなディアナさまが大好きになりました。優しい方ですね」

マルコも珍しく笑みを見せている。

「そうだろう」

ディアナを褒められたことが誇らしい。

「別にダイニングで全員で食事をしても構わない。どうせろくに使っていないんだからな。食事もディアナがおまえと同じがいいと言うなら、そうしてやれ」

この館には客など来はしない。客間はほとんど閉めきりだし、アルベルトも普段の食事は簡素なもので済ませている。

それだから使用人の数も他の邸宅に比べて格段に少ない。

自分が穢れた血だから使用人も同じ仲間で揃えた。もし自分が戦死したら、いくばくかの財産をみんなで分けて国外へ逃げて欲しい。

使用人にはそういった旨を伝えてある。それなのに、死体を見るまでは信じないと全員がこの館で自分を待っていてくれた。

自分の人生で大切なのはディアナだけだと思っていた。だがいま、アルベルトは使用人たちに家族の愛情のようなものを感じている。

守りたい、と初めて思った。

「ヒューは？」

「先ほど連絡がありました。やはり四年に一度の儀式で巫女が食べられているというのは本当のようです」

アルベルトは眉間に皺を寄せて考え込んだ。

地下聖堂の神樹、巫女の喰われる儀式。そんなことが本当にあるとは。

儀式の裏づけを取ってもらうため、ヒューには神殿に潜り込んでもらっている。

「……いえ、本当というより、もっと信じられないことが……」

「信じられない？」

生贄の巫女が神樹に喰われる。それよりもっと信じられないこと？

マルコは蒼白な顔をして頷いた。

「……巫女が食べられるのは、神樹にではなく……、神官や、……王族に、と、いうことです……」

王族と言う前に一瞬躊躇いがあったのは、アルベルトが王子ということを慮（おもんぱか）ったからだろう。

だが、そんなことはどうでもよかった。

食べる？

人間が、人間を？

「どういうことだ」

マルコは辛そうに唇を開いた。

「……確実な話ではありません。ですが、うわさでは儀式の最終日には高位の神官と王族が集い、巫女の肉を食べているらしいと……」

背筋がぞくりとした。まさか、自分の父も……。

「なぜそんな……」

「神樹の加護を受けた巫女の肉には、不老の力があるとか……。本当かはわかりません。ヒューが話を聞いたのもずいぶん老いた穢れた血だったということですし、勝手な想像を真実と思い込んでいる可能性も」

だがアルベルトは真実だと直感した。

父王はおそろしく若い。歳に比べてはるかに若く見える父王の秘密はなにかと、貴婦人たちがうわさしているのを知っている。

唇を血で真っ赤に汚した父王の姿を想像して身震いした。そしてその腕には血を流すディアナが――。

「許さん！」

叫びながら拳で机を叩いたアルベルトに、マルコはびくっと身を竦める。

頭の中が怒りと混乱でぐらぐらと煮えた。

人としての道を踏み外した父など、もはや人間とすら思えない。この手でかならず殺してやろうと、アルベルトは奥歯をぎりぎりと噛みしめた。

ディアナの故郷の村で、彼女が神の花嫁に選ばれたと知って、アルベルトはヒューに助力を乞うた。

花嫁の末路を聞き、ヒューは愕然としていた。そしてディアナを救うための計画に協力してくれたのである。

まずアルベルトの剣を売り、資金を調達した。ディアナを攫って都へ戻るために必要な金だ。ヒューには先に都に向かってもらい、マルコへの伝言を託した。

アルベルトは生きている。ディアナを連れて戻ってくるから、匿う準備をして待つようにと。アルベルトが「穢れた血の王子」であることを伝えると、ヒューはとても驚いていた。

もしかしたらアルベルトの戦死の報を受けて、使用人はいなくなっているかもしれないと思っていた。全員が残っていてくれたことに感動を覚えたものだ。

そしてヒューには神殿に潜入してもらった。あえて穢れた血であると表明し、最下層の仕事についてもらったのである。

辛い仕事だ。頼むのは心苦しかった。殴られ蹴られ、嘲られもするだろう。だがヒューはディアナのためならばと引き受けてくれた。

神殿で長年働く穢れた血の奴隷から情報を引き出してもらい、神樹と生贄についての話を裏づけをとった。真実はアルベルトが想像していたものより陰惨だったが。

ディアナには可哀想なことをしたと思う。だが汚す必要があった。これでディアナは巫女には戻れない。花嫁の資格も失った。

ディアナを連れて国外へ逃げなかったのは、自分にはやらなければならないことがあるからだ。

ディアナを誰かに預けることも考えたが、信用できない人間に頼むわけにはいかない。アルベルトの館は都近くということで躊躇いはあったが、目の届くところに置いた方が安心だ。

あとは自分にかかっている。

アルベルトは未来に想いを馳せながら、まぶしいディアナの笑顔を思い浮かべた。もう自分にはあんな屈託のない笑顔は見せてくれないだろうけれど。

4

館に連れてこられてから一週間になる。

館から出られない日々は存外辛くはなかった。神殿の方がはるかに巨大だったとはいえ、建物から出ないで過ごす日々も多かったからである。

読書室にこもって好きなだけ本が読めるのも嬉しかった。

外出は禁じられていたので、新鮮な空気が吸いたくなると中庭に出た。

庭園というほど広くはないが、趣味のいい噴水とガゼボがあり、そこでマルコとお茶を飲むひとときが楽しい。

こんなに寛(くつろ)いでしまっていいのだろうか、と思う。

きっと神殿では神の花嫁がいなくなったことで大騒ぎだろうし、護衛の騎士が罰を受けていないかも気になる。

けれど夏間近のこの暖かい空気と晴れ渡った空が、落ち込みそうになる気持ちを吹き飛ばしてしまう。

ここにいると時間が止まっているようで、神殿で暮らしていたこともアルベルトとの間に起こったことも、すべて遠い昔のことに感じる。

それはアルベルトが、この館に来て以来一度もディアナの前に姿を現さないせいかもしれない。

「アルベルトはずっと留守にしているの？」

自分からアルベルトのことを口にするのは嫌でこれまで尋ねたことはなかったけれど、さすがに一週間にもなると気になってきた。

「お会いになりたいんですか」

マルコはティーカップを口につけたまま、ちょっといたずらっぽく上目遣いで尋ねてきた。

こんな態度が出るようになったのはディアナに心を許してくれている証拠である。それは純粋に嬉しいけれど。

「ち、違うわ。会いたくなんかない。私を閉じ込めているくせに使用人に世話を任せきりなんて、勝手だと思っただけよ」

そんなふうに取られてしまったかと横を向いたまま早口でしゃべる。

アルベルトのことはマルコや他の使用人から少しずつ聞いている。

戦場で手柄を立て奴隷からいまの待遇を手に入れたこと。

そのため彼は身分の低い兵士の間で英雄扱いされていること。

穢れた血の人々が住まう地区に赴いて、薬や食べ物を差し入れたりすること。

聞けば聞くほど、ディアナにひどいことをした人物と同じであるとは思えなくなってくる。

みんなの口から語られるアルベルトは、とても男らしく勇敢で優しいようだ。

自分の中のイメージと話に聞くアルベルトのイメージが重ならず、本人を見て確認してみたい気持ちになっている。

これを「会いたい」というのならばそうだけれど。

マルコはティーカップをソーサーに置くと、視線をずらして唇だけの笑みに変わった。作り笑いの表情だ、と感じた。

「帰ってきておられる日もありますよ」

「そうなの？」

マルコの表情が気になる。

「アルベルトさまのお顔を見たらディアナさまがご不快だろうと、あえて姿を現さないようにしていらっしゃいます」

口にこそ出さないが、マルコがアルベルトを気の毒に思っているのがわかった。心の中ではディアナを責める気持ちもあるのかもしれない。

とくん、と胸が揺れた。

あんなことをしたくせに、そんなふうに気づかわれても。

故郷の家で、ディアナを見て涙を流したアルベルトの顔を思い出す。

夢と思ってキスをしてしまったとうろたえたときの表情。ディアナを見て安心する幼子のような頼りなさ。

そしてディアナを蹂躙したときの野蛮な荒々しさ。

不安定で、それでいて真っ直ぐ芯が通っているようにも思える不思議。

「アルベルトさまは、一途でいらっしゃるのです」

その言葉に、すとんと納得がいった。

アルベルトの瞳は、いつもディアナを一途に見つめているのだ。

ディアナを犯したのも、獣欲の虜になったためだけとは思えない。その証拠に旅の間も手を触れなかったし、ここに来てからも無理を強いられない。

「アルベルトはなんの目的で私をここへ閉じ込めておくのかしら」

質問のつもりもなかったけれど、案の定マルコからはなんの返事もなかった。

今日も今日とて、にぎやかな昼食がスタートした。

使用人はすっかりディアナに馴染んで、いまや家族のように接してくれている。

庭師の一人が酒に酔い、楽しげに歌を歌った。彼は酒が好きらしく、昼食時にも気分よくなるまで飲んでしまう。陽気な赤ら顔はディアナも嫌いではなかった。

彼はいつものように武勇伝を絡めてアルベルトの話をする。

「アルベルトさまは、戦場でもディアナさまのことを話してたもんです」

「私のことを？」

ほろ酔い加減の庭師は、うんうんと頷いた。

「普段は無口なお方だが、酒が入るとそれなりにねえ。勝ち戦なら奴隷にも酒が振る舞われましてね。おれは人一倍飲んで……」

思いつくまま話しているようだ。

「アルベルトさまは、ディアナさまがそりゃあきれいで可愛らしくて優しい方だと。穢れた血も差別することなく、自分を庇ってくれたと言ってねえ」

戦場で話していたということは、自分はやはり過去にアルベルトと会ったことがあるのだろうか。

自分の記憶がおかしい？

「なんのために戦ってるかって聞いたんですよ。そしたらディアナさまにまた会いたいからだって……、ひっく」

だいぶ酔いが回ってきたらしい。

「アルベルトさまが王子さまだってのはご存じでしょう？」

「え？」

隣にいた料理人が「おい！」と庭師の肩を摑むのを、庭師はうるさそうに手で払った。

「穢れた血の王子さまです。有名でした。なんでも神殿の不興を買って奴隷に堕とされたとか……」

どくん！　と心臓が鳴った。

穢れた血の王子？

ディアナの頭の中をぐるぐるとなにかが回る。

思い出しかけている、なにか。

霞がかかったような記憶の一部を。

「頭が痛いわ……」

急にずきずきと痛みだしたこめかみをディアナが指で押さえていると、席を外していたマルコが慌てた様子で戻ってきた。庭師を見、料理人とちらりと視線を交わして、しまったというように目を細める。

「すみません、ぼくがいない間にご気分が悪くなるような話をお聞かせしてしまったでしょうか」

「いいえ……、いいえ、そういうんじゃないの。なにか……、ごめんなさい、頭が痛くて。部屋に帰るわ」

ディアナは青い顔で立ち上がった。

庭師はテーブルに肘をついたまま、まだ夢見心地で話を続けている。

「へへ、おれもずっとディアナさまに会いたかった。話通りの人だった。アルベルトさまをよろしくお願いします……」

けれどディアナの耳にはもう届いていなかった。

頭の中を誰かの面影が駆け巡る。

見上げれば、自分を守るために立ちはだかった少年の背中。

黒い髪、黒い瞳のはにかんだ笑顔。

間近で見る彫像のような横顔の、長いまつ毛に白い雪が乗って。

「う……」

頭が割れるように痛い。

心配そうにディアナを支えたマルコが部屋の扉を開ける。テーブルの上に載せられたものに、ディアナの視線は吸い寄せられた。

マルコが気づいて、声をかける。

「ご希望だった国教の教典です。ぼくたち穢れた血では手に入れるのが難しく、遅くなってしまってすみません。それと、花はアルベルトさまから」

よろよろとテーブルに近づき、教典を手に取る。面影に、少年が熱心に耳を傾ける表情が追加される。

自分は教典の読み聞かせをした。あの少年に。

テーブルの上には一輪の薔薇。きれいに棘を取った薔薇を手に持ったとき、ディアナの中でばちんと音を立てて記憶が洪水のようによみがえった。

――私に？　嬉しい、アルベルトさま！

アルベルトだ。

男たちに襲われた自分を助けてくれた。

お礼にと教典の読み聞かせをしたのだ。熱心に聞いてくれるのが嬉しくて、自分からつぎを誘った。

穢れた血の王子だと自分を蔑み、他の仲間からも浮いていて、寂しそうだった彼。

だんだん心を開いてくれるアルベルトに会うのが楽しみだった。

思い出した。

外套を着せかけてくれた温かさ。薔薇を差し出したときの緊張した顔。ディアナの指が傷つかないようにと棘を取ってくれた優しさに胸がきゅうんとなった。

そして、殴られても蹴られても最後までディアナから逸らさなかったあの瞳。

思い出したら愛しさで喉が詰まった。涙が滲む。

彼はあのあと奴隷に堕とされ、戦場に放り込まれたのだ。常に死と隣り合わせになりながら自分を想っていてくれた。

アルベルトを忘れて安穏と過ごしていた自分を——！

どうして忘れていたんだろう。私になにがあったんだろう。

そして同時に姉巫女のことを思い出した。彼女はどこへ行った？　いつの間にか消えていた。

彼女のことを思い出そうとするとより頭が痛んだ。あまりの痛みに考えるのが苦しくなって、姉巫女のことを頭から締め出して深く息をつく。

まぶたの裏にちらつくアルベルトの面影に助けを求めた。

再会してからのアルベルトの一挙手一投足を思い浮かべると、切なくて胸が苦しくなった。

自分を覚えていないと知って、アルベルトはどれだけショックだったろう。逞しく成長したというのにディアナの顔色を窺い、子どものようにディアナの姿を探してついて回った。

ディアナを犯したあとも腫れ物に触るように距離を置いて。

ああ、会いたい、アルベルト。

あなたの顔を見て謝りたい。そして自分の気持ちを確かめたい。こんなに熱くて愛しい、この感情はなんなの？

頭の痛みと胸の熱さに翻弄されながら、ディアナはベッドに身を沈ませた。

夜が近づいてくるにつれ、下腹の奥に怪しいざわめきが生まれた。

ざわめきはだんだん大きくなり、月が姿を現し始める頃にははっきりとディアナの体を侵食していった。

体調が優れないから夕食はいらないとマルコに告げて部屋に籠(こ)もる。

どうしよう。この体の疼きはなんなんだろう。肌の下がむずむずとして熱い。

「ん……」

夜が更けてくると、疼きはますますひどくなった。

あらぬ場所から蜜が溢れ、下着を濡らしているのがわかる。

(どうしてしまったというの。こんな、恥ずかしい……)

泣きそうだった。

ドレスの布が触れているだけで肌が怪しく火照り、特に硬くしこってしまった両の乳房の先端は、服に擦られると腰を捩りたくなるほどだ。

どうしよう、誰かに思いきり弄り回してもらいたい。捏ねて、潰して、引っ張って、濡らして、あらゆる刺激を与えられたい――!

想像するだけで身悶えた。

座っているのが辛くて、ベッドの上に横になり、むず痒い体を持て余している。

無意識のうちにうつぶせ、豊かな胸をベッドに擦りつけた。毬のような双つの膨らみが潰れ、上半身を前後するたびに波状の快感が乳房の先端から溢れ出す。

「あ、あ、あ、あ、あ、あぁ……」

こらえきれない快感に断続的に声を出してしまい、急いで唇を手で覆う。

(いけない、こんな声を隣にいるマルコに聞かれたら!)

そんなの恥ずかしすぎて死んでしまう。

刺激から逃れようと、なんとかうつぶせの体を仰向けに変えた。盛り上がる双丘が、はぁはぁとつく息に合わせて上下している。

全身にじっとりと汗をかいているのが気持ち悪い。

少しでも湿気を逃そうとスカートを捲り上げ——内側のフリルが腿を撫でていく感触に軽く達してしまった。

「ああっ……!」

びくんびくんと体を波打たせ、柳のように腰を反らす。

ふいに扉がノックされる。

「ディアナさま? なにかありましたか?」

マルコの焦りを含んだ声がした。達した瞬間の小さな悲鳴が聞こえてしまったのだろう。

なにかごまかさなければならない。ねずみが出たとか、なんでも……。

そう思うのに、息が切れてしまって返事ができない。

「入りますよ」

来ないで！

書斎から細い光が入り込むのを、絶望的な気分で眺めた。

閉めきった部屋には、きっと発情した女の匂いが満ちてしまっている。

マルコはさらに扉を開くと、ベッドに横たわるディアナを見つけた。

書斎からの光がスカートを捲り上げたままのディアナを照らし出している。腕が震えて、スカートを戻すのが間に合わない。

光に浮かび上がるディアナの白い脚を見て、マルコはさっと視線を逸らすため顔を横に向けた。

「誰か！」

書斎を飛び出したマルコが人を呼びに行く。

(なんてこと！　あんな少年にこんないやらしいところを！)

涙が滲んだ。

これ以上の恥を重ねたくない。

羞恥で染まったディアナは、また人が来る前にせめてこの部屋の空気だけでも清浄なものに取り換えたいと、力の入らない脚でバルコニーに続く窓に向かった。

カーテンを開くと、浴びるほどの月光に包まれる。

空高くぽっかりと、丸い月が輝いていた。巨大な真円は月光を降り注ぎ、ディアナの髪を白金の色に見せる。

「満月……」

呟いた瞬間、耳の奥にかすかな唸りが聞こえる。

これは……、この声は……。

導かれるように両開きの窓を開け、バルコニーに歩み出た。

耳鳴りのように繰り返される「ぉぉぉ……、ぉぉぉ…………」という唸り。

視界が白い光でいっぱいになり、月の輪郭がぼやけた。ふわふわと月の中から光が流れ出て、ディアナを手招きしているようにゆらゆらと揺れる。あれは、あの形は——。

「神さま……」

——呼ばれている。

——行かなきゃ。

ディアナはふらふらと、月に向かって歩いていく。両腕を広げ、いつものように神樹に抱きとめられるために。

——……抱いて。

「ディアナ！」

がくん！　と目の前が揺れ、いきなり体が後方に引っ張られる。

首がくがくと振れて、ぼんやりしていた意識が明瞭（めいりょう）になった。急に夢から醒めたように、目の前のものがわからなかった。

「あ……」

痛いほど強い力で後ろから抱きしめられ、体を折り曲げて前傾している。眼下に見えるのは中庭だった。

「私……、なにを……」

冷たい汗がこめかみを伝う。

ディアナの上半身はバルコニーの手すりを越え、外に向かって乗り出していた。抱きとめられなかったら落ちているところだった。

「なにをしている！」

アルベルトの鋭い叱責が飛ぶ。

背中に当たる硬い体と、ウエストに回されている逞しい腕。黒い夜の空気の中に、ディアナの長い金の髪が零れて揺れた。

脚から力が抜けて、体が沈み込む。危なげない力強さでディアナを支えてくれたのは、やはりアルベルトだった。伏せっていたディアナはいつの間にアルベルトが帰ってきたのか知らない。

アルベルトはディアナを抱き上げ、室内に運ぶ。

書斎との境の扉の前には、心配そうな顔をしたマルコが立っていた。

耳の奥で唸る声はもう聞こえない。呪縛が解けたように神樹の残像も目の裏から消えた。

そうだ、今日は満月。本当なら儀式の日だった。聖酒を飲んだわけでもないのに、同じように体は火照り、思考力がどろどろと溶けていく。

本能が知っている。この体の疼きは、誰かと交わることでしか鎮まらない。

「んあっ……！」

ベッドに横たえられた途端、激しい快感がディアナを突き上げた。

達したあとのように膣奥が収縮を繰り返し、胎内がむずむずと痒くなる。

「あ…、いや…っ、なか……、あっ、なか、動いて……っ」

下腹がきゅうとしぼられるたび、体の奥から蜜が迸り、ぷしゃっぷしゃっと下着を汚す。

蠕動する肉洞が欲しがっているものがわかる。体が覚えている。熱く、硬く、ディアナを押し広げて抉ってくれるもの――。

激しく奥を突いて欲しくて、目の前の逞しい体に縋りついた。

「アルベルト……ッ！」

自分からぶつかり、アルベルトの唇を塞ぐ。

首をかき抱いて力いっぱい密着し、抱いてくれと舌で懇願した。

一瞬の硬直のあと、アルベルトの強健な腕がディアナを抱き寄せる。頭の後ろを大きな手で摑み、腰を引き寄せ、厚い舌でディアナの口腔を犯す。強く、激しく。

銀色の糸を引きながら唇同士が離れると、アルベルトは扉の前に立ち竦んでいたマルコに鋭い視線を向けた。

「行け！」

マルコはハッと我に返ると、朱に染まった顔を背け、慌てて扉を閉めて立ち去った。

もはやディアナには、見られてしまったという羞恥を感じる余裕はなかった。

早く熱を散らして欲しくて、覆い被さってくるアルベルトの体重を性急に受け止めた。

「はやく……、たすけてアルベルト……」

苦しくて苦しくて、涙のつかえる声で懇願した。

アルベルトの双眸が爛と輝く。

獣の顔になった、とディアナは心のどこかで思った。

彼はこんなに美しい顔をしていただろうか。いいや、もとから美しかった。ただ、ディアナの中に、いままでよりもっと彼を好ましく思う気持ちが生まれただけだ。

八年前の彼と自分を思い出し、急速に愛しさが膨らんでいく。彼の瞳を見ていたら、封印されていた想いが溢れてきた。

生温い神樹の蔓ではない。アルベルトがいい。生命力に満ち溢れた彼の情熱が欲しい！

「アルベルト……！」

くちゅ、と音を立てて、二つの舌が絡まり合う。

会ったら謝ろうと思っていたのに。聞きたいこと、話したいこともいっぱいあったのに。

全部が吹き飛んで、いまはただアルベルトと繋がりたくて、他にはなにも考えられない。

激しく求め合い、溢れる唾液を気にもせずに貪り合った。

「ふ……、ぅ、ふぅ……」

息継ぐ合間にも体はどんどん昂っていく。

愛欲の門は洪水のように愛液を溢れさせ、もはやスカートまでぐっしょりと濡らしている気がする。

服の上から全身をまさぐられ、スカートの中にごつごつとした手が侵入した。指はすぐに下着をかき分け、潤んだ花びらの中心をくちゅくちゅと音をさせて弄り始める。

「あっ、ああ、ああっ、いい……っ、アルベルト……もっと……！」

もっと……、太いもので。

早く……お願い……、私を貫いてぐちゃぐちゃにして！

もう、灼熱の楔を打ち込まれることしか考えられなかった。恥や羞恥などといった感情はとうに押し流されている。

秘唇の合わせ目に深く挿し込まれた指が、恥骨の内側の窪んだ弱点を探り当てたときが限界だった。

頭のてっぺんまで貫く鋭い快感に悲鳴を上げ、脳が焼き切れた。

「いれてっ……！」

アルベルトが咆哮（ほうこう）を上げながら、牙を剝いてディアナにのしかかる。

性急に下着をずらし、両足首を摑んで上に持ち上げたかと思うと、硬く張りきったものがずぷりとディアナの中に沈み込んだ。

「ああああああっ……！」

これこそが、欲しかったものだ！

両足を閉じたまま持ち上げられ、貝のように閉じた狭い膣道を割りながら、いっそ残酷なまでに容赦なくズッズッと奥を擦られる。

みっしりと塡まり込んだ剛棒が、胎内の深いところでぬちゅぬちゅと動いている。

「うん、んぁ、あ、はあっ」

折りたたまれた体が苦しい。

腿が腹にぴったりつくほど曲げられ、膝が乳房を押し潰している。捲れ上がったスカートが顔にかかって息苦しい。

アルベルトの目には、男の極太の欲望を咥（くわ）え込んだディアナの恥部だけが見えているのだ。

互いに使うところだけ出してする獣じみた交合。なんていやらしい。

でもその淫猥さに燃え上がる。

恥ずかしいことをしているのだと思ったら、切なくしぼり上げられた肉壺が充溢を食みしめた。

「うう…、ああ……、ディアナ……」

アルベルトの喉から熱い吐息が漏れる。

アルベルトも感じているのだと思ったら、ますます壺が煮えたぎる。

「ああ……、すごく熱くなった……、最高だ、ディアナ……」

最奥で腰をねっとりと回され、膨れ上がった男根の先端が子宮の入り口を捏ね回すのに涙を流した。

ぱん、ぱん、と音高く打ちつけられて、脳髄まで響く快感に悲鳴を上げた。

「アルベルト、アルベルト、もう、だめっ、だめ…、い、いく、いくのっ……!」

すでに昂りきっていた体は絶頂を迎えるのが早い。

一層激しく腰を振り立てながら、アルベルトはディアナの脚の途中に引っかかっていた下着をむしり取った。

アルベルトは無慈悲なほど大きくディアナの両膝を広げ、体重をかけて覆い被さり、力強く抱擁する。受精の体位だ、と感じた。

深い挿入にディアナの意識が酩酊した。

「ひゃう、う、ひあ……、あっ！」

「愛してる。愛してるディアナ、ディアナ……」

ひっきりなしに喘ぎを漏らすディアナの唇を貪りながら、アルベルトの陰茎が最奥を穿つ。

「ああっ、あ、あああぁぁぁーー……──っ」

ディアナの襞が細かく痙攣し、アルベルトの雄をしぼり上げる。

体奥に灼熱の飛沫を感じながら、ディアナは達した。

快感は長く尾を引き、どぷどぷと射精されるたび頭の中が白くなった。

「ああ……」

淡い吐息が唇から零れる。

大量の精液を飲み込まされた腹が痙攣した。

アルベルトは体を起こすとゆっくりと男根を引き抜いていく。長大なそれは、月の光にぬらぬらと濡れ光った。

アルベルトはすべてを抜かず、赤く腫れた肉唇に笠の張り出しを引っかけて、浅い部分の感触を楽しんでいる。

そうされると、いましがたまで満たされていた姫洞がもの足りなさを訴えた。

もっと深くに欲しいと、ディアナは自分から腰をくねらせる。これでは娼婦と変わらないと思いつつも、快楽にけぶった頭では原始的な欲望を止めることができなかった。

アルベルトは心得たように、濡れた肉茎を沈み込ませていく。

「はぁ…、ああ、いい……」

膣路に精液をなすりつけるようにゆっくりと硬い肉を動かされ、得もいわれぬ恍惚に顎が上がった。精液塗れの膣をかきまぜられるのは、気が遠くなるほど気持ちいい。

ディアナは潤む瞳でアルベルトを見つめた。アルベルトがごくりと唾を嚥下する。

「もっと……」

アルベルトはたまらないようにディアナに覆い被さった。

もっともっと自分を暴いて欲しくて、無意識に乳房をアルベルトの胸板に擦りつける。

望みをわかってくれたように、アルベルトの骨太の指がディアナの豊かな弾力をぐっと摑んだ。

「ああ…っ」

痛いほどの刺激に高い声が上がる。

ぐっぐっとリズミカルに揉まれると、動きに合わせて搾乳された乳が溢れるように、ずっぷりと陰茎の塡まった花びらの隙間から、白濁した汁が漏れ出た。

気持ちいい……でも足りない……。

「り、りょう、ほ……、両方、してっ……、直接、さわって……！」

淫欲に翻弄されたディアナは、淫らなお願いを口に出すことも厭わない。

アルベルトはボタンを外すのももどかしくディアナのドレスの襟もとに手をかけると、ぶちぶちとボタンを弾き飛ばしながらひと息に胸の下まで引き裂いた。

柔らかなまろみを持つ二つの丘が月明かりに輝く。

横になっても流れない見事な弾力を持つ乳房の先端は、吸って欲しいと色づいて健気に勃ち上がっている。

「あ……、吸って……、おねがい……」

アルベルトは焦らさない。

ディアナに求められればなんでもすると、全身で語っている。

両の乳房を手のひら全体で包んで持ち上げ、乳輪を強調するように指に力をこめる。ぎゅっと中心に寄せると、近づいて二つ並んだ乳頭がやたらと卑猥だった。

「きれいだ、ディアナ」

アルベルトは両方の乳首を親指で弾き上げながら、交互にしゃぶっていく。

「ああ……、いい……、いいの、それ……」

ディアナは折り曲げた人さし指の関節を噛んで快感に身悶える。腰がいやらしい動きをしているのに止められない。

唾液をまぶされ濡れた乳首は、乳を滲ませたようにてらてらと光っている。そしてそれに熱心にしゃぶりつくアルベルトは、母を恋しがる赤子のようだ。

吸われるたび、母乳を与えている気になった。欲しているのは自分なのに、アルベルトの方が夢中に見える。

舐められて腫れ上がった乳首にカリッと歯を立てられて、ディアナの体がびくんと跳ねる。軽く噛んだまま先端を舌でチロチロと嬲られると、それだけで達してしまいそうな快感に身悶えた。

再びぞわぞわと欲望が頭をもたげてくる。

もっといやらしいことをしたい。もっと、もっと。

神との交合が脳裏にちらちらと浮かぶ。神の手は男の形を象って（かたどって）いたのだと、ようやくディアナは理解した。自分は何十本もの男根と交わっていたようなものだ。

ごくん、と唾を飲み込んだ。

神の手は甘い樹液を零した。さっきディアナの深奥に吐き出されたもの。あれは樹液ではないのか。同じ形をしているのだ、きっと甘いに違いない。

飲みたい――。

そう思ったら我慢できなくなった。

「アルベルト……、飲みたいの。あなたの……」

大胆な誘いに、アルベルトは興奮を隠しきれず激しいキスをした。

結合を外すと、二人の性器の間を粘液が透明な糸を引く。

アルベルトは手早くディアナの服を剝ぎ取ると、自分の衣服も脱ぎ捨てた。鍛え上げられた肉体が月明かりに照らされ、ディアナはうっとりとアルベルトを眺める。

なんて美しい体だろう。理想的なラインに筋肉の浮かぶ胸と腕、彫刻のような陰影を描く腹筋と長い脚。自分を見つめる瞳の熱さに胸が疼く。

なめした革のような皮膚に無数の傷がついていた。大きいもの、小さいもの、新しいもの、古いもの。

それらすべてが、ディアナへの愛の証なのだ。ディアナに会うために、彼はどんなに傷ついてもこうして生きていてくれた。

たまらない興奮と喜びに包まれて、ディアナの目には傷一つ一つが宝物のように美しく映り、愛しく思える。

もう一度キスをして、互いの性器を愛撫する体勢を取る。

積極的に体位を入れ替えたディアナは、ベッドに仰向けになったアルベルトの顔を跨ぎ、高く天を衝く男根に唇を寄せた。

「ん……」

咥えると、甘さと塩気の絡んだ複雑な味がした。

自分の愛液とアルベルトの精液の混じった味だと思ったら、下腹部がずくんと疼いた。

疼きを的確に捉えたように、アルベルトの舌が花びらの合わせ目に潜り込む。親指で両側に引き伸ばされ、赤く熟んだ媚肉を舐められて腰を揺らした。

「蜜の味だ……」

アルベルトのくぐもった声が直接肉襞に響き、臍の奥まで熱くなった。

味わわれてる——。

恥ずかしいのに、アルベルトが自分を味わっていると思うと、このうえない喜びと快感に満たされる。

ぴちゃぴちゃと互いを味わう淫靡な水音と、喉奥から漏れる吐息だけが室内に響く。

「ふ……、ぅん……」

硬く反り返った男根の側面を舌でたどり、種袋との境の芯を持った部分を指でくりくりと愛撫する。

つけ根から先端までの筋をねっとりと舌の腹を押しつけて舐め上げると、アルベルトの雄が嬉しがるようにひくひくと震えた。それがとても愛しくて、ますます舌戯に熱が入る。

張り出した笠の頂上に滲む体液は潮のような味なのに、ディアナの意識はこのうえなく甘いものと認識してもっと欲しくなる。

彼が好きだからなのだと実感した。溢れる白い情熱で口内を満たしたくて、ディアナは一層激しく小さな孔を吸い上げた。

しゃぶり、吸いつき、舌をねじ込みながら、二匹の獣と化した二人の交合は朝まで続いた。

＊＊＊

眠るディアナの顔を見下ろした。

満ち足りた表情で眠る姿を愛おしいと思う。いつもこんな時間が持てたらいいのに。

ディアナはアルベルトの生きる希望だった。

手に入らなくても、側にいられれば幸せだと思っていた。

側にいたら、触れたくなった。

一度触れてしまったら、愛してもらいたくなった。

そして自らアルベルトを求めてくれた彼女を抱いてしまったいま、喜びと切なさが入り混じって胸に渦を巻いている。

アルベルトを求めてくれて嬉しかった。

けれどそれが、儀式の後遺症だと知っている。

昨夜の彼女はおかしくなっていた。心からアルベルトが欲しかったわけではない。近くにいる男なら誰にでも助けを求めただろう。

それでも。

それが自分でよかった。嬉しかった。

何度も名前を呼んでくれた。全身で愛してくれた。アルベルトの分身すら、厭うことなく温かい唇で包んで。

それだけでもう、充分だ。

目覚めたらディアナは自己嫌悪に陥るだろう。アルベルトの顔も見たくないに違いない。どちらにしろ、もう行かねばならないが。

床に片膝をついて座り、ベッドに広がる髪をひと房すくって口づけた。

愛しいディアナ。

永遠の愛と忠誠を誓う――。

＊＊＊

目覚めるとすでにアルベルトの姿はなかった。

あれは夢ではなかったかと思うほど非現実的な時間だった。

夢ではない証拠に、ディアナの体のあちこちに愛噛みの痕が残っている。乱れたシーツの皺の間から、濃厚な交わりの匂いが立ち上ってくるようだった。

起き上がると、体の奥から欲情の残滓(ざんし)がとろりと零れ出た。

「あ……」

じゅわりとした熱さに声を出してしまう。

思い出すと恥ずかしくてブランケットに顔をうずめてしまうのに、胸の中が満たされてくすぐったい。

どんな顔をしてアルベルトと会えばいいだろう。その前に、このシーツをどうにかしなければ。こんな状態のベッドを、すでに親しくなった使用人に片づけさせるなんて、ぜったいにできない。

ディアナは余韻でよろめく足でなんとかドレスを身につけると、窓を大きく開けた。新鮮な空気が流れ込み、夜の間に溜まっていた淫靡(いんび)な匂いを払拭する。

澄み渡る青空を見上げて、やっと人心地ついた。

ドレスは大変動きにくいが仕方ない。

ベッドからシーツを外し、ブランケットにふんわりと空気を入れて湿気を払う。

やっと時計を見ると、すでに昼を大きく過ぎていた。

(嫌だ、こんなに寝坊するなんて私ったら)

一人で真っ赤になる。

空が白むまで交わっていたから、疲れきって起きられなかったのだ。

アルベルトも起こしてくれればいいのに。

羞恥から八つ当たり気味にそう思い、昨日脱ぎ散らかしてしまったドレスとシーツをまとめて手に持ち、部屋を出た。

「おはようございます、ディアナさま」

当たり前だが、マルコが控えていた。

マルコはなんでもない表情を保っているが、ディアナの方が穏やかではない。

「お、おはようマルコ……、あの、昨日はごめんなさい……」

なにが、と口に出せるわけではないけれど、とにかく謝った。

マルコは口もとに静かな笑みを乗せる。

「昨夜はぼくも取り乱した態度をお見せしたかもしれません。失礼いたしました。覗き見をするつもりではなかったのですが」

ディアナは真っ赤になって、両手で顔を覆ってしまった。

「どうぞ、使用人のことは家具と同じとお思いになって、ディアナさまは堂々としていらしてください。これからもこういうことがないとも限りませんから」

もう、この話題はやめて欲しい。羞恥で頭の中までも真っ赤に染まっているみたいだ。

アルベルトとの未来までほのめかされて動揺する。彼らはもう、自分とアルベルトをそういう目で見ているのだろうか。

「あの、あの……、ア、アルベルトは？」

ふと、マルコの表情が引きしまる。

「朝早くお出かけになられました。もしかしたらしばらくはお戻りにならないかもしれません」

胸の奥が怪しくざわめいた。

軍に呼び出されて戦争に向かったのだと思った。

「戦に、行ったの……？」

「行ったと申しますか、来ると言いますか……」

マルコはディアナにはよくわからないもの言いをした。

「とにかく、戦が佳境に入っていることは間違いありません。いまは反乱軍の方が勢いがあります。王国軍が敗れるのも時間の問題かと」

ディアナの胸に黒い不安が広がる。

では、アルベルトは死地に赴いたというのか。勝ち目のうすい戦いに。

「ア、アルベルトは……」

声が震える。

「戦に出る以上、必ず生きて戻るという保証はありません。ましてアルベルトさまは狂戦士。常に前線での戦いに配されます」

そんな……。

「でもぼくたちは信じています。アルベルトさまは帰ってくると。死体を見るまでは死んだなどとぜったいに認めませんから」

マルコははっきりと言いきった。彼はアルベルトを信じているのだ。

ならば自分も信じなければ。アルベルトは生きて帰ってくると。

「これを」

マルコがうすい短剣をディアナに手渡す。

物騒なものを渡されて、急速に不安が実感へと変容していった。

「ここは戦火から離れているので大丈夫とは思いますが、念のため服に隠してお持ちくださ
い。なにがあるかわかりません」

マルコ自身も、腰に細剣を差している。

大して重くはないはずなのに、冷たい金属はずしりと手のひらに載った。


夕暮れも迫った時間である。

読書室から出てきたディアナとマルコが玄関ホールに差しかかったとき、正面の扉がうすく開いた。

マルコがスッとディアナを背に庇う。

客が訪れる館ではない。使用人たちも正面玄関は使わない。

ギィ、と音を立てて扉が開き、どさりと床に転がった人物に、ディアナは目を瞠った。

「ヒュー！」

故郷の村にいるはずの、幼なじみのヒューだった。だが服はすり切れてボロボロ、ひどい怪我をしている。

ディアナは駆け寄ってヒューを抱き起こす。

「ヒュー。ヒュー。しっかりして。どうしたの、なにがあったのっ？」

マルコも駆けつける。

ヒューの顔は殴られてひどく腫れ上がり、片腕がぶらりと伸びて、骨が折れているようだ。

「誰がこんな……、ひどい……」

ガタン！　と扉を乱暴に叩く音がホールに響いた。

ディアナはびくっとして顔を上げる。

「これはこれは。やはりこんなところにいましたか、花嫁さま。心配しましたぞ」

見覚えのある、都の神殿の神官の一人だった。

背後には数人の兵士が剣を構えている。

いったいなにが起こっているのかわからない。

神官は得意げに顎を反らし、ヒューを見下ろした。

「そのうす汚い穢れた血めのあとをつけました。花嫁さまがいなくなってからこれみよがしに神殿に潜り込み、こそこそいろいろなことを嗅ぎ回っておりましたのでな。怪しいと思い、様子を見ておりました。どうやら花嫁さまの誘拐に関係ありそうだと思って痛めつけたまで。案の定、神殿から放り出してやったら、ここにたどり着きました。仲間に助けを求めると思いましたよ」

ひどい……。

「あなたの手がかりだけでもあればと思いましたが、まさかご本人がいらっしゃるとは。しかしこんなに近くにいたとは。盲点でしたな。過去にこの館の主人の穢れた血めがあなたと関わったことと関係があるのですかな」

腕の中で、ヒューがびくびくと痙攣した。

「おっと、あなたは覚えていらっしゃらないのでしたな。おまえたち、花嫁さまをお助けしろ」

神官の命令で、剣を構えた男たちが近づいてくる。

「お逃げください、ディアナさま！」

叫んで、マルコが腰の剣を抜いた。

騒ぎを聞きつけて、庭師も剣を手にホールに飛び込んできた。

「ディアナさま！」

神官はチッと舌打ちすると、

「殺せ。どうせ全員穢れた血だ」

非情な命令をくだした。

「おおおお！」

咆哮を上げながら、庭師たちが突進してくる。

片腕や片足を失っていてなお、彼らは強かった。巨木のような腕の筋肉を波打たせ、重さなどないように剣を振り回す。

剣士たちは勢いに押され、数歩後退した。

マルコも近くの剣士に応戦する。ホールはたちまち怒号と剣戟の響きで溢れ返った。

マルコたちは善戦した。だが体にハンデを抱えた元兵士と子どもでは限界がある。

腕を掠られたマルコが血飛沫を飛ばし、背を裂かれた庭師が床に崩れ落ちる。

「殺せ！」

神官の叫び声に、剣士たちが剣を振り上げた。

「やめて！」

ディアナは声の限りに叫ぶ。

「その人たちを殺したら舌を噛むわ！」

剣士たちがぴたりと動きを止める。

ディアナは荒い息をつきながら神官を睨みつけた。

「なぜです、花嫁さま。こいつらは花嫁さまをかどわかしたうす汚い穢れた血ですぞ。生かしておいても誰のためにもならない。社会のゴミです。むしろ死んだ方が世の中のためです」

なんという言いぐさ。

彼らにだって喜びも悲しみもある。人を敬い愛する心も。

この館でみんなと過ごし、その思いは強くなった。自分の信奉していた宗教が彼らを認めないというのなら、自分も宗教を捨ててもいいと思うほどに。

怒りで目の前がくらくらと揺れた。

「……私を捜しに来たんでしょう？　戻りますから、その人たちを助けて。殺すなら、いまここで舌を噛みます」

神官はため息をつくと、剣士たちに顎で合図をした。

剣士たちは剣を逆さに握り直すと、つぎつぎに柄でマルコたちの首根を打つ。

マルコたちは昏倒(こんとう)した。

「これで文句はございませんな。さあ、神殿に戻って儀式を始めますぞ。満月には一日遅れてしまいましたが、神樹はディアナさまをことのほかお気に入りのご様子なので、なんとかなるでしょう」

ディアナは唇を噛みながら、剣士に腕を引かれて立ち上がった。

心の中で、何度もアルベルトに助けを求めながら。

***

月が皓々(こうこう)と辺りを照らし出す。

満月より一日分欠けた月はそれでも、まぶしいほどの光を周囲に投げかけていた。行軍するにも不自由はない。

奇襲をかけるなら夜と相場が決まっている。闇色の服と鎧をまとい、アルベルトは剣を握りしめた。

周囲には数千人の兵士たち。みな夜にまぎれる闇色の鎧を装備している。

男たちの殺気に当てられた馬たちが、落ち着かなげにいななき、足を踏み鳴らす。

「アルベルト殿」

指揮官がアルベルトに声をかけた。

「もう一度確認しておく。先発隊は音を消して外門に近づき、奇襲をかけて乗っ取る。門が開いたら、第一部隊は目標地点A(アー)へ馬で進む」

こくりと頷く。

この日のために、ここから離れた土地で小競り合いを起こし、敵の軍をそちらへおびき寄せてある。アルベルトたちが攻め込む目標付近は手薄だ。

「第二部隊は目標地点B(ベー)に進む。あなたはこの第二部隊と一緒に進み、目標B－1を占拠後、目標B－2を撃破する。火を使う作戦になる。くれぐれもお気をつけて」

手順自体は難しいものではない。

目標AとBにそれぞれ奇襲をかけ、占拠する。目標Bについてはさらに壊さねばならないものが追加される。

目標Aについてはアルベルトの知識が役に立った。目標地点の構造にくわしく、侵入経路も万一の退路も熟知している。本来ならアルベルトがそちらへ向かうべきだろう。

だが目標B。アルベルトはこちらに行きたかった。そこに攻め入ると思うだけで血が沸き、全身の筋肉がびくびくと期待に震える。

アルベルトの瞳を見つめ、指揮官が力強く頷く。

「国の存続はあなたにかかっている、アルベルト殿」

指揮官にしっかりと頷き、

「ひと晩で終わらせるぞ」

もう一度剣に手をかけたときだった。

「アルベルト殿！」

人垣の向こうから、一人の兵士が声を上げる。

「どうした」

「この者が、アルベルト殿に話があると」

人垣を割って兵士が連れてきた人間を見て、アルベルトは目を見開いた。

「マルコ！」

兵士に支えられぐったりとするマルコの腕からは、夥しい血が流れている。

「も……、申し訳ありません……、ディアナさまが……」

ディアナの名を聞いて一瞬握り潰されたかと思った心臓が、彼女が連れ去られたことを聞くと爆発的に勢いを増してアルベルトの全身に煮えたぎる血を送り込んだ。

「行くぞ！」

唸りを上げ、アルベルトは胴震いした。

5

地下聖堂は、いつもと違って蠟燭が点(とも)され、そこに並ぶ人々を照らし出していた。

ここに人がいるのを初めて見る。

通路の両側の椅子に、十人ほどが座っている。神殿の中枢を成す高位の神官たちと、式典などで何度か拝謁した王と、王子たちの姿だ。

神官たちと王は、みなそれなりの年齢であるにもかかわらず一様に若い外見を持っている。いままで気にしたことはなかったが、こんな蠟燭の灯りの中で見ると、なんだか人形みたいで気味が悪かった。

その間をディアナはゆっくりと祭壇に向かって歩かされた。

神樹は葉を揺らし、枝を振り上げてディアナを呼んでいる。いままでよりも強く発光し、大きな唸りを上げた。

レリティエンヌが優美なほほ笑みを浮かべながら、ディアナに盃を勧める。

「おかえりなさい、ディアナ。心配しましたよ。さあ、儀式を始めましょう。今夜あなたは神の花嫁になるのです。一日遅れてしまいましたから、急がないとね。遅れれば遅れるほど儀式の効果はうすくなりますから」

馬車で神殿へ連れてこられ、すぐに地下聖堂に引き立てられた。禊も行わないなんて初めてだ。それだけ急いでいるのだろう。

アルベルトの館は、都のはずれだった。ディアナ自身も、自分がこれほど神殿の近くにいたとは思わなかった。

大勢の視線がディアナに突き刺さる。

「……なんで、こんなにたくさんの人がいるのですか……」

いつもの儀式を行うなら、ディアナは一糸もまとわず神とまぐわうことになる。それを大勢の人の前で？　馬鹿げてる。

「みなあなたが花嫁になるのを祝いに来てくれているのですよ。喜びなさい」

そんなこと喜べるわけがない。

いまさらながら、この花嫁という言葉に疑問を持った。

「飲みなさい、ディアナ。ふふ、昨夜は体が疼いたでしょう。可哀想に、神樹はずいぶんあなたを恋しがって呼んでいたもの」

昨夜の体の異常は、神樹に求められていたせいだったのだ。

自分の体に見えない蔓が巻きついているようで、背筋が寒くなった。

手の中の小さな盃を見下ろす。

（これを飲んだら、私は……）

なにもわからないうちに神樹と愛し合い、樹液を体の中に受ける。

嫌だ。

ディアナの心に浮かんだのは嫌悪だった。

「……嫌です」

震えながら声をしぼり出した。

盃の中の酒がカタカタと揺れている。

レリティエンヌは眉をひそめた。

「なにを言っているのです。あなたは栄(は)えある神の花嫁に選ばれたのですよ。拒絶など許しません」

神とはなんだろう。花嫁とは。

嫁ぐとは、家庭を築くためにではないのか。

愛し合う二人が互いの意思でもって一緒になるものではないのか。自分が嫁ごうとしているのは、人ですらない。

この神はなにをしてくれる？　穢れた血などと呼ばれる人々を救ってはくれない。神殿から動くこともなく、なにも生み出さない。

以前のディアナだったら、神の花嫁になることを疑いもなく光栄に思い、どんなに恥ずかしくても命ぜられるままこの人たちの前で体を開いたろう。

でもいまは嫌だ。

愛し合うならアルベルトがいい。あの二人だけの濃密な時間がいい。

何度もディアナの名を呼び、愛してると繰り返した、ディアナを女神のように崇拝する可愛い人と。

神樹の触手のような生暖かい蔓が、自分の体を這い回る感覚を思い出して身震いした。

アルベルト以外に触れられるのはもう耐えられない！

ディアナはとっさに服の下に隠した短剣を取り出すと、盃を投げ捨てた。

「なにをするのです！」

レリティエンヌが叫び、着席していた人々から驚きの声が上がる。

ディアナは片手で自分の髪を摑むと、短剣の刃をぴたりと押し当てた。

「ごめんなさい……。神さまよりも好きなんです」

言うなり、長い髪の左半分を短剣で切り落とした。

巫女の象徴を、首もとから。

ディアナの手から離れた髪は、鈍い光をまとって床に落ちる。

それは、神との決別の証であった。

「なんてことを！」

周囲がどよめき、神樹がまぶしいほどの光を放った。

咆哮のような唸りを上げ、神樹がうねうねと巨体を揺り動かす。怒っているのだ。

レリティエンヌがディアナに摑みかかり、短剣を奪い取る。

「もういいわ、このまま花嫁におなりなさい！」

神樹に向かって力いっぱいディアナを突き飛ばした。

「きゃあっ！」

神樹はディアナを抱きとめる。すぐに幾本もの蔓がディアナの服の下に潜り込んできた。

蔓が手足に巻きつき、四肢を大きく広げて固定される。

足から膝、太腿を這い伝い、上ってくる感触に総毛立った。聖酒の効果のない状態で絡みつかれる蔓は、気味の悪い植物以外のなにものでもなかった。

「いやあっ、助けてアルベルト！」

暴れるディアナを眺めながら、レリティエンヌが細く笑う。

「思い出したのですね。神樹の力であなたの記憶を封印してあげたのに。穢れた血のくせにあなたに手を出そうとするなんて、愚かな男。奴隷に堕とされて、いい気味だったわ」

人を恋することのなにが罪なのか。

それでも彼は這い上がった。尊敬すべき人だ。間違っても嘲られるような人ではない。

「ア、ルベルト……」

きりきりと細い蔓に首を締め上げられながら、愛しい人の名を呼ぶ。

蔓は襟の隙間から侵入し、ディアナの胸を嬲り始めた。

「諦めなさい。あの男は戦死しましたよ。やっとね。ずいぶんかかったけど、おかげで敵もだいぶ殺してくれたからよしとしましょうか」

彼は死んだ……？　まさか！

ディアナの胸に泥のような不安が広がる。

死地に赴くとマルコは言っていた。でも、でも、かならず帰ってくると信じて……。

絶望に呑み込まれそうになる。だが。

(嘘よ！　彼は生きてる！)

死体を見るまでは認めないとマルコも言った。ならば自分も認めない。

「く……」

絞め上げられた喉が苦しい。空気を求めて自然に開いてしまった口に、ずるりと蔓が滑り込んだ。

「う、ぐ…っ」

男根を模した蔓は無遠慮にディアナの舌を圧迫し、喉奥を目指してくる。

吐き気がした。

アルベルトのあの熱く生命力に溢れた陽物(ようぶつ)と比べて、なんて一方的で愛の欠片もない
――！

「最後ですから、教えておいてあげましょうね」

レリティエンヌの愉しげな声がする。

「花嫁の肉は、儀式が終了したあと、ここにいるみんなで食べることになっています」

(!?)

ディアナの目に恐怖の色がよぎる。

「うふふ、いい表情ね。私はあなたみたいなきれいな子の怯える顔が大好きなの。いつもこれを告げる瞬間はぞくぞくするわ」

レリティエンヌはぶるりと身を震わせて自分の体を抱きしめた。

「満月の夜はもっとも神樹の力が強くなるのです。一年かけて強い神樹の精を受けた肉は、不老の力を宿すのよ。それを食べれば、いつまでも歳を取らずにいられる。……私みたいにね」

レリティエンヌは自分の胸に手を当てた。

「私はもう八十歳なのよ、ディアナ」

ディアナは目を見開いた。

彼女はどう見ても四十歳を超えているとは思えない。

「ああ、素敵。いい表情だわ、興奮する」

ディアナの口を犯した蔓は、喉奥と唇をずっずっと行ったり来たりする。甘ったるい樹液

が舌の上に滲み始めた。

　レリティエンヌは恍惚とした表情で語り続ける。

「でもそのためには四年に一度、生贄の肉を食べなければいけません。誰でもいいわけではないの、この子は好みがうるさくて」

　言いながら、神樹の幹を愛し子のように優しく撫でる。

「だから光栄に思いなさい。あなたは選ばれたのです。顔かたちはもちろん、いちばん好きなのは長くて美しい髪なのよ。もちろん無垢でなければだめ」

　うす笑いを浮かべていたレリティエンヌの表情が、一変して憎々しげな形相になる。

　上目遣いにディアナを睨みつけ、ギリギリと歯を食いしばった。魔女のような目つきで、低い声をしぼり出す。

「だというのに、あなたときたら。歴代の花嫁の中でももっとも美しい髪を切ってしまうなんて……。機会は四年に一度しか訪れないのよ。それなのに神樹の機嫌を損ねて。ただでさえ満月の夜を逃して最大の恩恵は受けられないのに。どうしてくれるのよ、これで私はあなたの肉を食べても数歳は歳を取ってしまうわ！」

　体を嬲る蔓の感触よりも、レリティエンヌの執念の方にゾッとした。

　いつまでも若く美しくありたい。それは人間の夢だろうけれども。

「神官と王族に食べられて彼らを長生きさせることで、あなたは王国の役に立てるのです。

素晴らしい名誉ですよ」

ディアナはぽろぽろと涙を零した。

一部の人の私欲のために犠牲になっていった巫女たち。怖かったろう、悔しかったろう。

許せない。こんな樹は滅びてしまえばいい。

「くふ……ぅ、ぅ…」

下着の隙間から伸び入ってきた蔓が、先端の樹液を擦りつけてディアナの秘裂を愛撫する。

気持ち悪い。逃げようにも、がっしりと押さえ込まれた腰はびくとも動かない。

蔓は味わうように膨らんだ頭で往復し、中心の花びらを割った。

犯される！

ぐぐっと押しつけられ、いまにもディアナの中に侵入しようとしたとき——。

「……？」

蔓は、急に動きを止めた。

ずるっと下着から蔓が抜けたかと思うと、いきなりすべての蔓がディアナを解放し、支えのなくなった体は床に放り出された。

「きゃっ、ああっ…！」

投げられたディアナは、レリティエンヌの足もとまで転がる。

「な、なんです……？　いったいなにが……！」

動揺したレリティエンヌが神樹を振り仰ぐ。

着席していた人々もなにごとかと立ち上がった。

神樹は蔓状の枝を振り回し、地面を揺るがす唸りを上げて震えている。

「まさか……！」

レリティエンヌはハッとディアナを見下ろし、背中を蹴りつけた。

「いたっ……！」

「おまえっ！　男と交わりましたね！」

あっ、と思った。

さっきレリティエンヌも、巫女は無垢でなければ花嫁になれないと言っていた。

自分はアルベルトと……。

「このっ！　裏切り者！　八年間神殿で面倒を見てやった恩も忘れて、男を咥え込むなんて……っ！」

レリティエンヌは憤怒の形相で、丸くなって体を守るディアナを蹴り続ける。

「このっ、このっ……！　売女が！　どっ、どうし、くれっのぉよぅ……！」

興奮しすぎたレリティエンヌはすでに呂律（ろれつ）の回らぬ舌でディアナを罵る。

痛みの中で、ディアナはほほ笑んだ。

アルベルトが守ってくれた気がした。

「殺す！　殺してやるっ！」

レリティエンヌは投げされていたディアナの短剣を取ると、胸の前で突き出すようにして構えた。刃先はぴたりとディアナを狙っている。

「う……」

体中が痛くて起き上がれない。

「死ねぇぇぇぇぇぉぉぉああっっっ！」

レリティエンヌは血走った目で口端から泡を吹きながら襲いかかる。ディアナの髪を摑んで顔を上げさせ、白い喉をかき裂こうとしたときだった。

（もうだめ！）

固く目を瞑ったディアナの耳に、おそろしい叫び声が聞こえた。

「ギイイィエォァアアアアアアア────ッ！」

耳をつんざく叫び声と共に、どん！　と地面が大きく揺れる。

「うわぁっ！」

「な、なんだなんだ！」

慌てふためく神官と王たちが、揺れる床に足を取られて無様に転がる。中腰だったレリティエンヌもバランスを崩して横向きに倒れた。

どおん、どおん、と床が波打つ。

ディアナは必死に顔を上げて、振動の生まれている場所を見た。

「ひっ……」

神樹が、暴れていた。

鞭のように蔓を打ち振るい、生い茂った葉を幹を揺らせてバサバサと震わせる。

太い蔓がばしぃん、ばしぃんと床を打ちつける。

「ディアナ！」

愛しい声が聞こえて、ディアナは振り向いた。

神樹の陰から、漆黒の風のようにアルベルトが走ってくる。

信じられない思いで、死んだと聞かされたアルベルトの姿を見つめた。やっぱり彼は生きていた。そしてディアナの危険に駆けつけてくれる。安堵と愛しさで、たちまち涙がこみ上げた。

アルベルトは叩きつけられる蔓をあわやのところで避け、揺れる床を絶妙に駆ける。

「アルベルト！」

腕を伸ばした。

指先が触れた瞬間、この人を愛してる、と強く思った。

「ディアナ！　よかった、無事で」

厚い体に固く抱き寄せられ、夢中で背中に腕を回した。

アルベルトはディアナを抱いたまま立ち上がる。

「なん、で……、おまえは、反乱軍に囲まれて死んだはずじゃ……」

レリティエンヌはアルベルトが亡霊でもあるかのような目で見た。

「ギャアアアーーーッ！　ギャアアアアーーーーッ！」

神樹が赤子のような叫びを繰り返す。

鼓膜を震わせ、感情を逆撫でする声。まるで痛みを受けているような――。

くん、とディアナは鼻を鳴らした。

なにかが燃える臭いがする。

「きゃあああっ！　ああっ、神樹！　神樹が…っ！」

レリティエンヌが半狂乱になって駆け出した。

暴れ回る神樹に向かって走っていく。だがたどり着く前に、太い蔓に体を打たれて吹き飛んだ。

神樹を見上げると、密生した葉の隙間からちろちろと赤い火が覗き、雲のような煙が高い天井を這っていた。

「樹が燃えてる！」

我先に逃げ出そうとする神官と王たちの目の前で、扉がばんと開く。

王国軍の兵士がばらばらと駆け込んできた。

「おお、おまえたち！」

喜色に輝いた王は、自分を助けろとばかりに走り寄る。

だが続いて反乱軍がなだれ込み、王は色を失った。

「な……、なんだ……」

先頭の指揮官が剣先をぴたりと王に向ける。

「おとなしく降伏するなら命は助けてやる。抵抗するなら斬る」

王と王国軍の兵士が並ぶ背後に、ディアナを抱いたアルベルトが立っている。対峙する反乱軍は倍ほどの数がいる。

王はごくりと唾を呑んだ。

「い……、行けアルベルト！　おまえなら勝てる……！　望みの褒美を取らす、こいつらをぶち殺せッ!!」

王は反乱軍の指揮官を指さしながら怒鳴る。「漆黒の悪魔」の名を聞き、王国軍の兵士は奮い立ち、反乱軍は剣を構え直した。

アルベルトはディアナに「扉まで離れろ」と短く命じ、兵士たちを迂回（うかい）するように突き放す。どちらの兵士たちも、さすがに女には目もくれない。

その間にも神樹はますます燃え盛り、泣き声は苛烈（かれつ）の一途をたどっていく。早く逃げなければ神殿まで燃えてしまう。

ディアナは言われた通り、側面から回って扉の陰に立つ。睨み合う両軍を覗きながら、心配で心臓が壊れてしまうのではないかと思った。

アルベルトは反乱軍の前に立ちはだかる。

王はすでに勝ったような顔で、うす笑いを浮かべながら反乱軍を見ている。

油断なく剣を構えた指揮官が尋ねる。

「もう一度だけ聞く。降伏する気はないんだな」

王は目を真っ赤に見開きながら、大声で怒鳴り返した。

「うるさい！　ないと言ったらない！　殺（や）れ、アルベルト！」

両軍の間に緊張が走った瞬間。

「ぎゃあああっ！」

王の体から血飛沫が飛んだ。

アルベルトはひらりと身をかわし、血がかからないように逃れる。

王は信じられないといった表情でアルベルトを見ている。

王国軍の兵士も、血を噴き流す王を凝然として眺めていた。

反乱軍の指揮官が、冷たい目で王を見やるアルベルトの肩に手を乗せた。指揮官は王国軍を睥睨し、高らかに宣言する。

「テオスワールの新しい王だ。全員剣を置いて跪け」

王国軍が水を打ったように静まり返る。

ぱちぱちという神樹の燃える音と、変わらぬ叫び声が空気を震わせる。

蒼白な顔でアルベルトを見ていた二人の王子は、ぶるぶると震えだした王にぎょっとして横に跳び退った。

「うぉ……、お、お、おおお、おお……ッ！」

突然王の体が発火し、瞬く間に火に包まれて燃え上がる。
二、三歩よろけたかと思うと、火だるまの王はばたりと床に倒れ込んだ。
「うわああっ」

王子たちは腰を抜かし、ぺたりと尻もちをつく。

潰れたような叫び声が聞こえて祭壇の方を見ると、神樹から離れたところでレリティエンヌも火に包まれていた。

王国軍を楯にしていた神官も、次々と火を噴いて倒れていく。

指揮官が呟く。

「神樹が燃えたせいだろうな。神樹などといっても、しょせんは魔物にすぎん。元が消えれば、肉を喰らって魔物の一部を己の血肉にした人間もまた消えるんだろうよ」

それが真実かはわからないが、そういうこともあるのだろう。

二人の王子が、ずるずると床に這いずりながらアルベルトに縋る。

「おっ、俺たちは……っ、食べてないんだっ！　こ、今回が初めてでっ……！　だからっ、だから助けて……！」

アルベルトはぎらりと目を輝かせると、剣を振りかぶった。

「ディアナを生贄にしようとした人間を許せると思うか」

地獄の底から響くような声音に、兄たちは「ひぃっ！」と頭を抱えて失禁した。

「待って！」

いまにも剣が振り下ろされようとするとき、ディアナは鋭く叫んだ。

「やめてアルベルト！　もう充分だわ。お父さまの命を奪って、このうえお兄さままで……。もういいでしょう？」

アルベルトは刺すようにディアナを見る。

「おまえは許せるのか！」

本音を言えば自分だって許せない。食べられていった巫女たちの恨みは消えることはないだろう。

でも憎しみのままに肉親を殺すことが正しいと、どうしても思えない。

「降伏すれば命は助けると言いました」

毅然（きぜん）として言うと、指揮官はアルベルトの背中をぽんと叩いた。

アルベルトは視線で焼き殺さんばかりに二人の王子を睨む。

憎々しげに睨みつけ、無理矢理二人から視線を引き剝がし、握った拳をぶるぶると震わせる。

やがて深くため息をついて体の中の熱を吐き出すと、ぶるっと頭を振って兄たちに背を向け歩きだす。

「煙に巻かれる前に行くぞ。王国軍の兵士と王子は武器を奪って後ろ手に縛れ。一列にして外へ連れてこい」

すでに神樹は赤々と燃え上がり、力ない断末魔のうめきを上げている。

アルベルトに腕を引かれたディアナは、地下聖堂を出る前に一度だけ神樹を振り返った。


神殿を出て馬車に乗るなり、アルベルトに激しく口づけられた。

「んぅ……」

荒々しいキスで貪られ、発情した犬のように口中を舐め回される。

アルベルトの情熱に引きずられてディアナも燃え上がる。

「ディアナ、ディアナ、無事でよかった……」

アルベルトはディアナの存在を確かめるように強い力で輪郭を撫で回し、顔中にキスを降らせた。

半分切られた髪を痛ましそうに眺め、切り口を手に取って恭しく唇を落とす。

「これは……誰かに切られたのか？」

ディアナは誇らしげに笑って答える。

「いいえ、私が切ったのよ。神よりもあなたを選んだ証に」

アルベルトは瞠目してディアナを見る。

至近距離で見つめ合ううちにアルベルトの半開きの唇が震え、泣きそうに顔が歪んだ。

(ああ、ほら、この人は私にだけこんな顔を見せる)

悪魔のように強くて、獣のように強引なくせに。ディアナの前ではまるで小さな子どものようになってしまう。

そう思うと愛しさでいっぱいになった。

「ねえ、私ちゃんと言ってたかしら」

見つめれば、潤み始めた黒い宝石みたいな瞳がディアナを見つめ返す。

「あなたが好きよ。多分、八年前に会ったときからずっと」

今度こそアルベルトは大きく目を見開き、息が止まったように喉をひくつかせた。

「ごめんなさい。神樹の力であなたのことを忘れさせられてたの。教典と、あなたがくれた薔薇を見て記憶が戻ったわ。もっと早く思い出せてたら、あなたにばかり辛い思いをさせることはなかったのにね。私を好きでいてくれて、諦めないでいてくれてありがとう」

指先でアルベルトの震える唇を撫で、安心させるようにほほ笑んだ。そして自分からゆっくりと唇を重ねて、地下神殿で放った告白を繰り返す。

「あなたのことが、神さまよりも好きなんです……」

舌先を溶かし合い、互いの息遣いを奪い、甘い唾液を交換して長い長いキスをした。

触れ合った頬が温かく濡れ、アルベルトが泣いているのだと知れた。

ディアナの胸はまた愛しさでうずうずする。

(なんて可愛い人)

ディアナが好きで、好きで、嬉しくてたまらないと、全身で喜んで尻尾を振る大きな犬のよう。

「俺も……、俺も好きだった。八年前から、俺の女神はおまえだけ……」

アルベルトは乱れた息のままディアナの首筋に顔をうずめ、性急にスカートの下に手を差し入れてくる。

「あ……、だめ……」

すでに下着の隙間から侵入してきた指を、アルベルトの逞しい肩を押しやって抵抗する。

「我慢できない」

痛いくらい耳朶を噛まれ、ジンと痺れたそこをぴちゃぴちゃと舐められると背筋がぞくぞくした。服の上から乳房を摑んで捏ねられ、円を描くように揉まれて甘い痛みが下腹に生まれる。

「だめ……、外から、見えちゃうわ……」

「月くらいしか見ていない」

ちゅっと耳の下を吸われると、馬車の窓から明るい月が自分たちを照らしているのを意識して、羞恥と官能があおられた。ガラガラと車輪が路面を跳ねる音だけが聞こえる。

「声が……、聞こえちゃうわ……」

「御者（ぎょしゃ）の耳を潰してやる」

甘い睦言（むつごと）のような嘘を平気で囁いて、夢中でディアナの顎の下に唇を寄せる。

顎下の柔肉を唇でつままれ、腰がわななないた。

形ばかりの抵抗の言葉が、もう思いつかない。

「アルベルト……」

観念してアルベルトの首に腕を回した。

アルベルトはやっと許しを得たというように、ディアナの脚を跨いで大胆に覆い被さってくる。

こんなところで、と思うのに、互いに発情した体を止められない。

膝に男の膨らみきった欲情が当たって、腰の奥がどろりと蕩けた。

濡れた襞を割って、アルベルトの指が熟んだ肉に喰い込む。

浅い部分に指を滑らせ、たっぷりと愛液をまとった指先で包皮から顔を出した肉芽を撫でられると、突き抜けるような快感に高い声が上がった。

「あああっ……！」

慌てて手のひらで口を押さえるも、きっと御者には聞こえてしまったろう。

羞恥で染まるディアナの耳に、アルベルトが笑みを含んだ声で囁く。

「御者の耳を潰してやると言ったろう？」

「……うそつき」

軽く睨むと、アルベルトは嬉しそうに笑い、ディアナの顎をすくってちゅっと小鳥のようなキスをした。可愛くてたまらないといったふうに。

「噛んで」

アルベルトがスカートの裾を捲ってディアナの口もとに寄せる。

声を聞かれたくなければ布を噛めとそそのかしているのだ。

おとなしく噛んだら自分からすごくいやらしいことを求めてるみたいで恥ずかしいのに、しないなんていう選択肢がない。

真っ赤になりながらスカートの裾を噛むと、アルベルトが体勢を入れ替え、後ろ向きに抱き上げたディアナを自分の上に座らせた。

下着をずらし、スカートを捲り上げ、アルベルトの肉杭が深々とディアナに突き刺さる。

「ふっ…、ぅう…」

白い太腿に下から指を食い込ませ、軽々と持ち上げた男がディアナの腰を揺さぶる。屹立（きつりつ）の先端が子宮の入り口まで届いた。快感で開いた子宮口に熱い種を注がれると思うと、それだけで腹の奥が蠢いた。

ずん、ずん、と下から突き上げる快感が脳天まで響いて、頭の中が真っ白になる。

アルベルトの動きとは別に、馬車の振動が二人を揺り動かし、不規則に狂うリズムがよりディアナをおかしくした。

「ん…、んん、ぅ、ん……っ」

頭を激しく振り、背中を背後のアルベルトに擦りつけて快感を訴えた。

後ろからディアナの肩口に揺れる短く切り揃（そろ）った髪の切り口に唇を寄せ、

「愛してる……」

アルベルトが囁いた。

＊＊＊

自分が軍では戦死扱いになっていることに乗じ、アルベルトは秘密裏に都に帰還していた。

そして反乱軍に加わり、王国を攻め落としたのである。

たとえほんの一か月前に剣を交えていようと、殺されかかろうと。

昨日の敵は今日の味方。戦争ではよくあることだ。

反乱軍には数年前から、何度も協力を打診されていた。彼らは戦士としてのアルベルトも欲しがったが、テオスワールを攻め落としてから、王に祭り上げられる人物が欲しかったのである。

反乱軍の目標は金ではない。差別に苦しむ民を救い、誰にでも平等な国を作ること。

次代のテオスワールのために、王族であり、穢れた血をもって迫害されたアルベルトに国を継いでもらうのが理想的だったのだ。

彼らは喜んでアルベルトを迎え入れてくれた。

時機がよかったと思う。王国軍は王や神官の愚政と贅沢ですでに疲弊していたし、反乱軍は西の大国の後ろ盾を得て勢いを増すばかりだったからだ。怠惰に腐りきっていた中枢は緊迫感を持たず、王国が陥落するのはもう目前だった。自分は尻馬に乗って最後に滑り込んだにすぎない。

反乱軍の作戦は極めて明快だった。

第一部隊と第二部隊に分かれて神殿と王宮を同時に叩き、国政の中枢をになう高位神官と王族を確保するというものだ。

王宮内部の建物事情はアルベルトがくわしかった。住んでいたのだから当然である。王宮へ向かった部隊は危なげなく占拠を完了した。

神殿内部の構造は神殿関係者を買収して見取り図を手に入れた。占拠はもちろんのこと、さらにアルベルトの目標は神樹の破壊だった。

アルベルトが反乱軍に加わる気になったのは、ディアナを手に入れたからである。

ディアナが神殿にいる間は攻撃などとても考えられなかった。だが彼女を保護したのち、生贄を欲する神樹を破壊しなければならないと思った。

放っておいてはいつまた生贄が、ディアナに危険が及ぶか。

本来ならアルベルトは神殿占拠が終わってから神樹を焼くつもりだった。だがマルコからの知らせでディアナが儀式のため神殿に連れ去られたと知り、二人の精鋭を連れて真っ直ぐ地下聖堂を目指したのである。

アルベルトがディアナを救いに行き、二人には火を放ってもらった。

すべてが驚くほど上手くいったのは、穢れた血では信奉することのできなかったはずの神の加護か。神も自分の名が利用され、都合よく曲解した一部の人間に使われるのが嫌だったのかもしれない、などとすら思う。

反乱軍に加わる際にアルベルトが出した条件は二つ。

アルベルトからディアナを奪わないこと。

神樹を破壊すること。

対して反乱軍が出した条件も二つ。

アルベルトが新しい王としてテオスワールを継ぐこと。

穢れた血という差別を撤廃し、誰でも好きな宗教を信奉できるようにすること。

はっきり言って王位になど興味はない。自分にはディアナがいればそれでいい。けれどディアナのために神樹を破壊する必要があった。そのためには反乱軍の力が必要だった。

もちろん引き受けたからには全力で務める。今日も忙しく政務をこなしている。ここ数日、自分の部屋で眠ることすらできていない。

早く帰って妻の顔が見たいのに――。

＊＊＊

アルベルトが王位を継いでからめまぐるしく日々は過ぎ、数か月経ったいまも落ち着かない。

国の制定なんてまだまだ何年もかかることだし、もしかしたらアルベルト一代じゃ終わらないんじゃないかしら、と思う。

アルベルトが王位につき、形だけは穢れた血という言葉が消え、差別は撤廃されることになった。けれど人々の意識に根づいた差別意識はなかなか消えない。長い時間がかかるだろう。

ヒューはアルベルトについて国中を回り、いずれ国のために働きたいと精力的に知識を吸収しているようだ。

ディアナは少しでも国がよくなる手伝いがしたいと、国教の布教に努めている。もちろん入信したい人は誰でも受け入れる。

腐敗していたのはごく一部の神官だけで、地方の神殿や国中の神官の中には、清廉な生活を送っている者がたくさんいる。そういう神官を都に呼び、都の神殿を立て直す計画も進んでいる。

なかなかアルベルトと一緒に過ごす時間が取れないけれど、それは仕方ない。

でも今日は帰ってくると言っていたし、アルベルトの好きな料理をたくさん用意して待っていよう。

「ディアナさま、それ重いでしょう。オレが持つから、無理しないでください」

そう言って、料理番はディアナの手から、オーブンから出したてのつやつやした鶏（とり）の丸焼きを奪ってしまう。

仕方がないから部屋の飾りに庭園から冬薔薇を切ってこようと思えば、

「ディアナさま、俺たちがやるから座っててくださいよぅ」

庭師が慌てて飛んでくる。

マルコはショールを持ってきてくれて、

「体を冷やしてはいけませんよ、ディアナさま。中に入ってください。温かいお茶を用意しますから」

肩にかけてくれる。短い部分に合わせて肩下で切り揃えられた髪が、ふんわりとショールに包み込まれた。

みんなから腫れ物を触るように扱われて、ディアナはとうとう唇を尖らせた。

「もうっ、みんな甘やかしすぎよ！　私はぜんぜん大丈夫だから、普通に過ごさせて」

全員が声を合わせて、

「いーえ、ディアナさま」

と返ってきてびっくりした。

料理人が「楽しみだなぁ」と目尻を下げれば、庭師が「可愛いだろうなぁ」と頬を弛ませる。

「ちょっと、気が早いんじゃなくて」

ディアナは頬を赤くした。

マルコは口もとに笑みを乗せた。

「みんな楽しみなんですよ。大事になさってください」

そう思ってもらえるのは嬉しいけれど。

せっかく巫女を卒業したのになにもさせてもらえないのは不満だけど、みんなの喜ぶ顔を見ていたら、ちょっとは辛抱しなくちゃねと思った。

「アルベルトさまもきっとお喜びになりますよ」

それは素直にそうだろうと思った。

一週間ぶりに帰ってくる夫の好物を用意して、部屋を飾りつけて、暖炉に火を入れて暖かくして帰りを待とう。

(だから早く帰ってきてね、素敵な報告があるのよ)

そっと下腹を押さえたディアナの左手には、愛する人と揃いの指輪が光っていた。

騎士とレディと月夜の獣

Honey Novel

満月の夜は外に出てはいけない。魔物や獣がうろうろしているからね。魔物の力は最高に強まり、獣は興奮しているんだ。うっかり外に出たら襲われてしまう。おまえも月に取り込まれて獣になってしまうよ。

子どもの頃、父はそんな話をしてくれたっけ。

と、ディアナは窓の向こうに銀色に輝く大きな月を見上げながら、父の話を思い出した。

明日は満月である。

ディアナの故郷は国境になっている森が近く、よく狼が出たものだ。月の明るい夜には遠吠えが聞こえたりした。

都は周囲をぐるりと塀で囲まれているのでせいぜい野良犬がいるくらいだが、それすらも王宮の敷地内に入り込んでくることはない。

六年前にアルベルトが王位についたのを機に二人は結婚し、王宮に移り住んだ。

アルベルトは忙しく国中を回っているため、会えない日も多い。現在も視察に出かけていて、もう三週間になる。

——満月の夜は外に出てはいけないよ。

同じことを、夫であるアルベルトにも言われた。

満月を見ていると、ディアナの体の奥に怪しいざわめきが生まれる。

それは巫女時代に神の花嫁として儀式を受けていた後遺症ともいえるもので、満月はどうしてもディアナに性的な妄想を抱かせてしまう。

それを知っている夫から、ディアナは満月を見ることを禁止された。だからその夜はいつもカーテンを引いて部屋に閉じ籠もるようにしている。

明日は気をつけないと……。


「ルイーズ。マルコ。どこ？　美味しいクッキーを焼いたのよ。ねえ、出てきて」

春の温かな日差しがきらきらと草花を輝かせる庭園で、ディアナは五歳になった娘のルイーズを探して歩き回った。

ルイーズはディアナとよく似た顔立ちを受け継いだが、髪と瞳はアルベルトと同じ、夜闇のような黒だった。利発で人形のように愛らしい自慢の娘である。

ルイーズはかくれんぼが好きで、ときどきディアナを困らせるためにわざと噴水や花壇の陰に隠れてしまう。

「もう。どこに行ったのかしら」

ディアナは頬に手を当ててため息をついた。

今日はルイーズのお気に入りのマルコが遊びに来ているので、二人で中庭にいるはずだ。ルイーズはなかなか帰ってこない父親よりもよほどマルコになついていて、「マルコのお嫁さまになるの」と常々口にしているほどである。

マルコはアルベルトの館で使用人をしていたが、アルベルトとディアナが結婚して王宮に移った際に、剣士隊に入隊した。

アルベルトから指南を受けていた彼は剣の筋もよかったが、天性の才能があったのだろう。騎士隊長の覚えもめでたく、いずれは騎士として叙勲されるのではといわれている将来有望な若者だ。

もともと美しい顔立ちをした少年だったが、すっかり貴婦人の注目を集める美丈夫に成長した。先日二十一歳になり、そろそろ結婚の話が出てもおかしくない。名だたる貴族の令嬢がこぞってマルコに秋波を送っているといううわさもある。

「マルコも返事してくれればいいのに」

ディアナから隠れているルイーズが、マルコにも返事をしないようにお願いしているのだろうか。

さわりと涼やかな風が吹いて、花の香りに人工的な香水の匂いが混じった。このさわやかな柑橘系は、マルコがつけているもの。

小さな黄色い花を満開にした低木をぐるりと回って向こう側を覗くと、マルコとルイーズがいた。

噴水から引いたカナールの縁に腰かけたマルコの膝に座ったルイーズが、彼の胸に顔をうずめて泣いている。

マルコはディアナを見て目だけで挨拶をし、父譲りの黒髪を震わせるルイーズの頭を優しく撫でた。ディアナも会釈を返し、ルイーズに問いかける。

「どうしたのルイーズ。転んでしまったの?」

ルイーズはくすんくすんとしゃくり上げながらマルコにぎゅっとしがみついた。どうしたというのだろう。

「ルイーズさま。お母さまにお返事をしなくては」

マルコが柔らかな低音でルイーズを促す。ルイーズはいやいやと首を振った。マルコはルイーズの髪にキスをした。

「いい子にしないと、お母さまに私との結婚を許してもらえなくなりますよ」

その言葉に、ルイーズは泣き濡れた目を上げてマルコを見た。これも父譲りの黒い瞳が赤く染まっている。

小さな子どもの憧れに話を合わせてくれるマルコは優しい。マルコの「私の妻になりたいならレディでいてください」のひと言で、おてんばなルイーズは借りてきた猫のようにおとなしくなってしまう。

「なにを泣いているの」

ディアナが再び問うと、ルイーズは「だって……」と顔を歪めた。

「さっきマルコと釣りに行ったの。そしたらそこにいた男の子が、あたしのお父さまは奴隷だって。ほんとだったら奴隷で、〝ケガレタチ〟だから王さまになんかなれなかったんだって言うんだもの。〝ケガレタチ〟ってなにって聞いたら、汚い人のことだって。だからあたしも汚いって」

「まあ」

マルコは困ったように口もとに笑みを乗せて、ルイーズの目尻に溜まった涙を親指で拭った。

「お父さまが奴隷なんて嘘よ。ケガレタチなんてあたし知らない。ねえお母さま、嘘でしょう？　お父さまは立派な人だもの。奴隷でも、汚くもないわよね？」

アルベルトが王位につき、表面上は「穢れた血」という差別はなくなった。だが人々の心に根ざした意識はそうそう消えるものではなく、その名称を口に乗せる人も残っているだろう。

ディアナはしゃがみ込んでルイーズと視線の高さを合わせると、にっこりとほほ笑んだ。

「お父さまが奴隷だったのは本当よ。鉄の首輪をしてらっしゃるでしょう。あれは奴隷軍人の印なの」

ルイーズは大きな瞳を見開いて唇を震わせた。

「ルイーズ。どういう立場にいるかじゃなくて、その人がどれだけ努力をして幸せになるかが重要なのよ。私はあなたのお父さまを尊敬しています。お父さまも奴隷であったことを恥じてなんかいないわ」

アルベルトは王となった現在も奴隷の首輪を外さない。

王位についたとき、重臣から首輪を壊すことを勧められたこともある。腕のいい鍛冶(かじ)職人ならば体に傷をつけずに外すことができるだろうと。

けれどアルベルトはそれを望まなかった。

自分は奴隷であった過去を隠したいと思わない、誰にでも希望はあるという証(あかし)に残しておきたいと言って。

「たしかに過去には穢(けが)れた血という言葉がありました。結婚していない男女の間に生まれた人間を理由なく貶(おとし)める、とても差別的な認識です。ルイーズ、あなたはあなたのお父さまが汚いと思いますか」

「思わないわ！」

ルイーズは間髪を容(い)れず声を上げた。

「もしもお父さまと私が結婚をしていなくてあなたが生まれたとしたら、あなたは私たちの愛を疑いますか」

ルイーズは首をぶるぶると横に振った。

「あたしお父さまもお母さまも大好きよ」

「そうよルイーズ。人は誰しも誰かを愛し、愛される存在です。それを誰もができるようにするためにお父さまたちは頑張っています。お父さまが差別されてきた人間だからこそ偏見もあり、逆にたくさんの人の希望でもあるのよ」

ルイーズは真剣な瞳でディアナを見ている。

「あなたはあなた自身を誇りなさいルイーズ。あなたは勇敢な王の娘。あなたが傷つく必要はありません。正義はそれぞれの心の中にあります。汚いと思う人もいるでしょう。それが間違っているかどうかはあなた自身が決めること。あなたがそれをおかしいと思うなら、そんな偏見は笑い飛ばしてしまいなさい」

ディアナが晴れやかに笑うと、やっとルイーズは涙を拭いた。

「つぎにそんなこと言われたら、あたしお父さまが大好きだから関係ないって言ってやるわ。あたしはあたしの気持ちが大事だもの」

マルコはルイーズを下ろして片膝をつくと、立ち上がったルイーズの手を取り甲に唇を押し当てた。

「よかった。あなたが穢れた血を汚いと思うなら、私はあなたに嫌われてしまうところでした」

え、とルイーズは目を見開いた。

「じゃあ、マルコも？」

「そうです。かつては穢れた血と呼ばれた人間です。あなたが公正な目を持ったレディであることを嬉しく思います。どうかそのままのあなたでいてください。いつかあなたに結婚を申し込む私を愛してくださいますか」

ルイーズはぱあっと表情を明るくした。マルコの首に飛びついて頬にちゅっとキスをする。

「もちろんよマルコ！　あたし素敵なレディになるわ。嬉しい、かならずプロポーズしてね！」

「では私はあなたにふさわしい騎士になることをお約束しましょう。姫君をお守りするのは騎士の役目ですから」

マルコはルイーズを腕に抱いて立ち上がった。ルイーズは嬉しそうにマルコの肩に頭を乗せて甘える。

いま泣いていたのに、恋する少女というものは現金だ。とほほ笑ましく思うと同時に、愛しげにルイーズの髪に頬を寄せるマルコは、もしかしたらけっこう本気なのかしらとディアナはちらりと思った。

でもし二人が結婚するとしても、もう十年は先の話だけれど。


ディアナはベッドで健やかな寝息を立てる娘のルイーズを見た。

今日は父のことで興奮したせいか、なかなか寝つかなかった。カーテンを閉めておきたがるディアナにルイーズは寝るまで満月を見ていたいとねだり、仕方なく開けたままにしておいた。

ガウン姿のディアナは娘の額にかかった髪をそっとすくい、小さな額にキスを落とした。

ルイーズは一度眠ってしまうと朝まで目を覚ますことはめったにない。

そろそろいいだろうとカーテンを閉めようと窓に近づき、月の光に全身を包まれるとぞくりとした。

(いけない……)

さっきから体の芯が熱く火照っている。

このまま自室に戻っても体を持て余してしまいそうだ。かといって一人で淫らな遊戯に耽ることには罪悪感を覚える。なだめてくれる夫は不在だ。

少し庭園を歩いて熱を冷まそう。

満月に昂ってしまうディアナの体のことを知っている夫からは、満月の夜は外を出歩かないよう言い渡されている。獣に襲われてしまうよなどと冗談めかして言うアルベルトだったが、心配してくれているのがわかるのでディアナも素直に従う。

でも王宮内の庭園なら自室も同然だ。

王宮のパティオには王族専用の美しい庭園が広がっている。王族の私室から直接出られるようになっているパティオは周囲を建物と厚い壁で囲われているため、王家が招待した客人以外は人が入ってくることもない。

(誰もいないんだからいいわよね)

一人心の中で言い訳をして、ディアナは庭園に続く窓をそっと開けた。ルイーズが目を覚ましていないのを確認して音を立てないよう窓を閉じる。

ガウンのまま外に出ると、春の夜風が花の香りを伴ってディアナの頬をなぶった。

ディアナはどこか浮かれた足取りで庭園を歩き回る。パティオにはいまを盛りと色とりどりの花が咲き乱れ、甘い香りを漂わせている。

火照った体を冷まそうと噴水に近づき、緩やかな流れに指先を浸した。

春の水はまだ冷たい。

体が熱くなっていることを余計に知らされてしまい、ディアナは頬を染めた。

なにかで昂りを発散しないと眠れそうもない。

ディアナは一つ息をつくと、ゆったりとステップを踏み始めた。巫女時代に覚えた神へ捧げる踊りだ。

王妃として習ったダンスは相手を必要とするものばかり。でもこれなら一人で踊れる。月光を浴びたディアナの髪は同じ色の輝きを放つ。金髪をきらめかせ、胸に神への愛を抱いて、月の光の中で踊った。

空に向かって腕を差し伸べ、ガウンの裾を翻して回転し、軽やかに跳ねる。踊るうちに喜びに満たされ、いつしか瞳を閉じて恍惚としていた。

月光に愛撫されているようだった。光がガウンを通して体の隅々まで照らし出し、内なる欲望を肌から発散している気分だ。

夢中で踊るディアナは、背後から突然何者かに抱き寄せられた。

「きゃっ……」

悲鳴を上げかけた唇を大きな手で塞がれ、小さな声は空に消えた。なんの抵抗もできず、ウエストに回された手で背中にぴったりとくっついた人物に抱きしめられる。

驚きでどっと冷たい汗が噴き出し、心臓がおかしくなったように波打った。

まさか誰も入れないはずの王宮のパティオに人がいるなんて！

盗賊に違いないとゾッとした。

（どうしよう……、ルイーズの部屋に入られたら……）

自分の身の危険より、娘の安否が気にかかった。ああ、庭になんか出ないでぴったりと窓を閉ざしていればよかったのに。

強靭（きょうじん）な腕はがっちりとディアナを押さえ込んでいて、身を捩（よじ）ろうとしてもほとんど動きが取れない。

どくんどくんと心臓の音が体中に響く。

震えるディアナの耳に、密（ひそ）やかな笑いが忍び込んだ。

「満月の夜は外に出てはいけないと言ったろう？　獣に襲われてしまうぞ」

アルベルト！

ホッと、全身の力が抜けた。

そうだ、そもそも盗賊が王宮のパティオに忍び込むなんて不可能なのだ。城の中を通らなければ入れないのだから。だがとっさのことで、ディアナも動転していた。

「ひどいわアルベルト。こんなふうに脅かすなんて……んっ！　んん……っ！」

口から手を離したアルベルトを振り向き肩越しになじると、顎（あご）を捉（とら）えられて強引にキスをされた。

アルベルトの腕はディアナの体を後ろから抱いたままで、顔だけ傾けられるのは体勢が辛（つら）い。

「ふ……、ぅ、ん……」

口腔の奥まで舌をねじ込まれ、獣じみた貪りように官能があおられた。ゾクゾクと背筋が震える。

やっと唇が離れたときは、体から力が抜けてくたりとアルベルトの胸に倒れ込んでしまった。

抱きかかえられて見上げたアルベルトの向こうに大きな月が見える。逆光の中で、アルベルトの瞳が光った。

「満月の夜は俺も血が騒ぐ。どうしてもおまえが恋しくて帰ってきた」

うすく笑いながらもう一度口づけてくるアルベルトを見て、獣の顔だと思った。言葉通り、アルベルトも溢れる情熱をこらえきれずに戻ってきたのだ。満月に狂わされて。

ディアナが欲しいのだと、全身が語っている。その腕で、唇で。

「アルベルト……」

名を呼べば一層口づけが深くなる。

背中に腕を回され、上半身を弓のように反らして唇を受ける。月の光が皓々と二人に降り注ぎ、庭園の石畳に重なる影を落とした。

アルベルトの指がガウンの襟を割って胸もとに侵入してくる。

「だめ……、こんなところじゃ……」

拒絶の言葉は激しいキスに呑み込まれ、手はより大胆にディアナの体をなぞる。素肌に触れる手のひらは熱く乾いていて、ディアナの欲望を引きずり出していく。

それでなくとも満月で昂っていたディアナは簡単に潤み始めた。そんな自分の反応が恥ずかしい。せめて秘密の行為をする場所に移動したい。外でなんてあんまりだ。

「ベッドに……」

「待てない。あんな踊りで俺を誘惑したおまえが悪い」

そんな理不尽な。

勝手に見ていたのだろうという文句は、下肢を割って這わされた指がなぞり上げた小さな器官からの鋭い快感で遮られた。

「あん……っ」

アルベルトはすでに溢れ始めた蜜を指先ですくっては肉芽に擦りつける。唇のように膨れた陰部にも塗り広げる。ぴちゃぴちゃといやらしい水音が響いた。

ディアナは震えて崩れ落ち、両膝を石畳についたまま身悶える。

いつしかガウンの襟は大きく広げられており、白い胸が夜気に晒されていた。反らした顎を、首筋を吸われて赤い花が散っていく。

飢えた獣が好物にありつくように忙しなく体にむしゃぶりつかれると、まるで生贄になった気がする。

「だ……め……」

弱々しい抵抗の声はアルベルトをより燃え立たせる効果しかない。

「言っただろう、獣に喰われてしまうと。俺に喰われたくて外に出たんだろう?」

「違う……、違うわ……」

本当に違うと言えるだろうか。身を焼く熱を散らして欲しいと願っていたのは、こういうことだったのではないのか。

「だったらおまえは外に出てはいけなかった。俺にその美しい体を見せびらかしてはいけなかったんだ。夫の言いつけを守れなかった妻には罰が必要だ」

首のつけ根を強く噛まれたとき、最後の理性は弾け飛んだ。ぞくん! と喜悦が背筋を走り下りる。

「おまえの罪だ」

アルベルトは優しい声でディアナを追い詰める。

被虐の官能に囚われ、呑み込まれていくようだ。こんなに開けた空間で、自分は獣と交わる。二人で獣になる。

ディアナの胸にアルベルトの首輪が当たった。

冷たく硬い、王国の獣の証。

途端、ディアナの心に愛しさが湧き上がる。

これは満月に魔力にあおられて走ってきた、ディアナだけの可愛い獣だ。ディアナを手に入れるため、奴隷から這い上がってきた。

愛しくて愛しくて、そっと首輪を指でたどりながら額にキスをした。髪からアルベルトの匂いがする。

「ディアナ……」

欲情に掠れる声にうっとりとする。求められていると思うと歓喜に満たされた。

ガウンを取り払われ、月光の下に裸身を晒した。真珠色の肌が月の光を閉じ込めたように内側から輝いて見えた。

噴水から延びるカナールの中には、静かな水が満ちている。カナールの縁に両手をついて水を覗き込むポーズを取らされると、鏡のようになった水面に自分の上半身がくっきりと映り込んだ。

興奮で硬く尖ったうす紅色の乳頭まではっきり見える。これでは鏡を見ながらするようなものではないか。

羞恥に頰を染めたディアナの腰を、後ろからアルベルトが抱え込む。下半身をぴったりと押しつけられると、硬く張りつめた男根が狭間に当たった。

「待ってアルベルト。これじゃ……、見えてしまって恥ずかしいわ」

「言ったろう。これは罰だ。おまえは獣の姿勢で犯される。獣になった自分の姿をよく見るんだ」

言うなり、猛(たけ)った雄をぐっと奥まで突き込まれる。

「ああっ……！」

最奥まで潤みきっていたディアナの蜜壺(みつつぼ)はなんなくアルベルトを受け入れ、熱塊を悦(よろこ)んでしゃぶろうと淫らに蠕動(ぜんどう)を始める。

腰骨を掴(つか)まれ、ずるりと長大な男根が自分の中を移動する感覚に酩酊(めいてい)した。ディアナの粘膜は、三週間ぶりの夫の形にぴったりと吸いつく。

「んん、ああ……、あ、あ、あ、ぁぁぁ……っ」

ゆるゆると奥を嬲(なぶ)られると、自然に腰を反らしてわないてしまう。顎が上がり、開いた唇からひっきりなしに小さな喘(あえ)ぎが漏れた。

犯すなどと言った割に、アルベルトの腰の動きはとても緩慢だ。熱を咥(くわ)えさせられ、炙(あぶ)られ続ける姫洞がもっと激しい動きを求めている。

ぐずぐずと燻(くすぶ)る火種をあおってもらいたくて、恥ずかしさで唇を噛みながらディアナはねだった。

「ね……、ア、ル、ベルト……、もっと……」

背後で小さく笑う気配がして、ディアナの体がカッと熱くなる。

普段なら決してできないはしたない願いを口にしてしまうほど昂っているのに、焦(じ)らされれば余計に欲しくなってしまう。

欲情と羞恥が混ざり合って涙が滲んだ。

だがディアナがもじもじと腰を揺り動かすのとは逆に、アルベルトは緩やかな動きすら止めてしまった。

「なんで……っ」

「欲しかったら、自分で動いてみろ」

肩越しに振り向き、涙目で懇願するディアナに向けられたのは卑猥な要求だった。

「そんな……」

娼婦のような行いだ。

アルベルトを仰ぎ見れば、意地悪な口もととは裏腹に、優しげでいながら情熱を孕んだ瞳がディアナを見下ろしている。

その目がそそのかす。

どきんどきんと胸が騒ぐ。愛しい獣が、ディアナが乱れ狂うのを待っている。

アルベルトの舌が乾いた唇をぺろりと潤すのを見たとき、ディアナの下腹がじゅんと潤んだ。

蕩けた壺の熱さに、アルベルトが感嘆の息をつく。

淫欲がディアナを大胆にした。だってもう我慢できない。月が自分を狂わせる。体のいちばん深いところに劣情を叩きつけて溺れさせて欲しい。

「ん……」

自ら腰を引き、柔らかな雌肉で硬い雄茎をぎゅうっと擦った。

逞しく反り返った張り出しのぎりぎりまで抜き、ひと息にアルベルトに向けて腰を打ちつけた。

「はうっ！」

ぱん！　と下腹と双丘の触れ合う音がする。一気に最奥を突いた衝撃で、つま先にまで電流のような快感が走った。

自分で動きだしたらもう止められない。

水面に映る自分が他人のように見える。赤く染まった唇を淫蕩に半開きにし、重力に引かれてより存在を主張する胸を前後に震わせてアルベルトを貪っている。

アルベルトの目には大きく口を開いて男を呑み込む自分の陰唇が丸見えだろう。それを思うと脳がどろどろに溶けるかと思った。いやらしい下肢の唇で雄を扱き、濡らし上げて種をしぼり取ろうとしている。

肉のぶつかり合う音が耳を犯し、愛欲に濡れた表情が目を犯す。

なんて甘い罰だろう。

信じられないほど淫猥な自分の顔が、滴り落ちた汗で揺らいだ水面でぐにゃりと歪んだ。

（もうだめ……！）

理性が吹き飛んだ。ディアナの動きに合わせてアルベルトが腰を突き入れ始める。二人の頂が近い。

「ああっ、あああっ、あ、あ、あ、あ……っ、あ……、もぅ……っ」

肩から、背中から零れ落ちた髪が水面に波紋を広げた。

上りつめた二人が一つに溶け合った瞬間、体の中に月の力が流れ込んだ気がした。指先まで快感に痺れ、官能が溢れ返る。

共に果てたはずなのに互いにちっとも力を失わない。向かい合って抱き合う形で、今度はアルベルトが石畳に座り、ディアナが跨いで深々と受け入れる形を取った。

アルベルトの肩に手を置いて、口づけを交わしながら腰をゆったりと上下させる。

満月の夜はいつも月を見ないようにしていた。自分が変わってしまうのが怖かったから。

ああ、でも、満月の下で愛し合っているいま、自分はずっとそれを望んでいたのだと、愛しい人の首輪に口づけながら心から思った。

父の声が、耳の奥によみがえった。

――おまえも月に取り込まれて獣になってしまうよ。

あとがき

ＴＬ作品でははじめまして。かわい恋と申します。

『狂恋～奴隷王子と生贄の巫女～』をお手にとってくださり、ありがとうございました。

もともと中世的なファンタジー世界が好きで、はるか過去にはそんなイラストを描いていたこともあり、懐かしく思い出してとても楽しく書かせていただきました。剣とか魔法とか竜とか、そういった熱が再燃しそうです。

今作は担当さまから「荒唐無稽なエロ路線で」と言われ「ハードル高いな！」と及び腰でエロ巫女触手姦に挑戦しました。いかがでしたでしょうか？

しかしリアル世界でも女の子には甘い私のこと、「女の子にあんまりひどいことできないわ」と愛情だけは込めまくりました。が、イラストはえげつなく大股開きでお願いしています、すみません……。

ディアナは私の大好きな天使系の女の子を目指しました。正義感が強く、誰にでもやさしく、芯のしっかりした真面目な子。好きなんです、天使思考。

ヒーローはひたすら一途にヒロインを慕ってくれるのが好きです。今回の個人的なピンポイント萌えは首輪です。奴隷の首輪です。心の底からイラストが楽しみです！

イラストは以前からファンだった希咲慧さまにお願いできる幸運に恵まれました。希咲さま、お忙しい中お引き受けくださって本当にありがとうございました。まさに天使のようなディアナと陰のある美形アルベルト、理想通りで小躍りしております。

担当さま、いつも温かいお言葉での励ましとご指導、ありがとうございます。ご迷惑ばかりおかけして申し訳ございません。温かいお人柄が滲み出るメールに癒されております。これからもどうぞよろしくお願いいたします。

そしてここまでお読みくださいました読者さま。心からお礼申し上げます。少しでもお楽しみいただけていたらと願うばかりです。またお目にかかれますように。

かわい恋

Twitter : kawaiko_love

かわい恋先生、希咲慧先生へのお便り、
本作品に関するご意見、ご感想などは
〒101-8405
東京都千代田区三崎町2-18-11
二見書房　ハニー文庫
「狂恋～奴隷王子と生贄の巫女～」係まで。

本作品は書き下ろしです

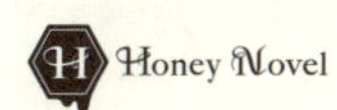

狂恋
～奴隷王子と生贄の巫女～

【著者】かわい恋

【発行所】株式会社二見書房
東京都千代田区三崎町2-18-11
電話　03(3515)2311[営業]
　　　03(3515)2314[編集]
振替　00170-4-2639
【印刷】株式会社堀内印刷所
【製本】ナショナル製本協同組合

落丁・乱丁本はお取り替えいたします。
定価は、カバーに表示してあります。

ISBN978-4-576-15047-5

http://honey.futami.co.jp/